배우 김정원의 연기와 인생 이야기

아직 배우는 중입니다

배우 김정원의 연기와 인생 이야기

아직 배우는 중입니다

발행일   2023년 7월 21일

지은이   김정원
펴낸이   손형국
펴낸곳   (주)북랩
편집인   선일영   편집   정두철, 윤용민, 배진용, 김부경, 김다빈
디자인   이현수, 김민하, 김영주, 안유경   제작   박기성, 구성우, 변성주, 배상진
마케팅   김회란, 박진관
출판등록 2004. 12. 1(제2012-000051호)
주소   서울특별시 금천구 가산디지털 1로 168, 우림라이온스밸리 B동 B113~114호, C동 B101호
홈페이지   www.book.co.kr
전화번호   (02)2026-5777   팩스   (02)3159-9637

ISBN   979-11-6836-994-8 03810 (종이책)   979-11-6836-995-5 05810 (전자책)

(주)북랩 성공출판의 파트너

북랩 홈페이지와 패밀리 사이트에서 다양한 출판 솔루션을 만나 보세요!

홈페이지 book.co.kr • **블로그** blog.naver.com/essaybook • **출판문의** book@book.co.kr

작가 연락처 문의 ▸ ask.book.co.kr

작가 연락처는 개인정보이므로 북랩에서 알려드릴 수 없습니다.

배우 김정원의 연기와 인생 이야기

아직 배우는 중입니다

에세이

김정원

북랩

엄마로, 배우로, 여자로 살 힘을 준
내 아들과 딸에게 사랑한다고 전한다.
힘든 시간들이었지만, 언제나 응원을 아끼지 않았던
아이들 아빠에게 고맙다고 전한다.
낳아주시고 길러주신 부모님께 감사하다고 전한다.

마지막으로 이 에세이를 세상에 내놓을 용기를 주신,
가장 위대한 이름 故김춘기, 나의 아버지께
감사하고, 사랑하고, 존경한다고 전한다.

차례

1

김정원의 배우, 연기 이야기

누가 배우라 부를 것인가

제34회 부산국제단편영화제 본선에 진출한 작품을 만나는 과정
은 이랬다.

방성준 감독님을 처음 뵌 날, 난 참 좋은 느낌을 받았다. 나를 대
하는 모습에 고마움을 느꼈었기 때문이다. 처음 단역으로 오디션
에 참여했지만, 방성준 감독님은 주연으로 대본수정을 해주셨다.
당시 나는 이렇다 할 작품을 맘껏 촬영해본 경험이 없어 주연으로
서 역량을 스스로 의심했으나, 감독님이 주신 기회에 더할 나위 없
이 기뻤다. 기쁨도 잠시 리딩 후 며칠 뒤, 방성준 감독님께 전화가
왔다. 방 감독님의 만나자는 뉘앙스에서 나는 직감했다. '아! 내가
안 되는가 보다…' 이후 방 감독님을 만나러 수원의 어느 햄버거
가게로 갔다. 노트북을 들고 들어오신다.

노트북을 열기 전 감독님의 분위기는 심각했다. 나는 다시 예감
했고 마음을 내려놓고 이야기를 들었다. 예감과 달리 감독님은 노
트북 안의 어느 영화 속 한 선생님의 연기하는 모습을 보여주면서,
그런 연기를 해주기를 조심스레 전달해주시는데 나는 마음이 되

려 아팠다. 내가 뭐라고…. 난 감동을 받았다. '아…. 내가 짤리지는
않는구나….' 잘할 수 있을 거라는 걱정 보다, 뭐라 정확하게 표현
하기 어려운 여러 감정이 느껴졌다.

　이후 촬영하면서 나는 정말이지 완전 배우 흉내를 내고 있었다.
오죽하면 연기 스승님께 촬영 중간 전화 드리며 울먹였던가. 어찌
저찌 촬영 막바지 마지막 날 산소씬 촬영차 파주로 가는 길에 스텝
중 한 분이 "오늘 종일 찍겠네"라 말씀하시는데 오기 같은 마음이
생기는 게 아닌가! 속으로 생각했다 '한 번에 오케이 받아서 보여
줘야겠다!' 사실 대사가 가장 긴 씬이었다. 희한하게 용기가 생기
더니 실제로 훨씬 빠르게 오케이 싸인을 받았고, 모두들 안심하는
눈치였다.
　그렇게 촬영을 마치고 서울로 가 저녁 식사를 하면서 연출가님
이 그러셨다.
　"배우님은 어머니 말고도 많은 이미지가 있으신 듯하세요."
　나는 감사하다면서 일전에 유명한 감독님께 들은 이야기를 해
드렸다. 전에 드라마 오디션장서 모 감독님께서 나더러 "연기하신
지 얼마나 되셨어요? 연기를 진지하게 계속해 보세요~ 배우로서
이미지도 좋습니다." 하셨다며 이야기를 이어갔다. 그러면서 "근데
저는 이 나이에 이 정도도 감사해요. 연기를 할 수 있다는 것에 만
족해요."라며 말을 했더니, 연출가께서는 "저는 유명해지고 싶습니

다. 유명해진다는 건 모두에게 인정받는다는 뜻이니까요."라고 말씀하시는 게 아닌가…. 인품 좋아보이던 연출가님의 겸손한 태도와 말투로 들으니 내 생각도 완전히 달라졌다.

늦은 나이에 연기를 하면서 '유명은 커녕 불러만 주시면 좋다'라는 마음가짐으로 연기를 해온 내게 인정받는다는 말이 너무나 따뜻한 말이었고, '그래 맞다 유명해진다는 건 인정 받았다는 거지! 난 왜 그 생각을 못했을까?'라는 생각이 들게 했다. 서울예대와 중앙대학교에서 연출 공부할 정도의 열정 넘치는 연출가님 말에 힘이 느껴졌다. 그날 나의 배우의 길을 바꾸게 된 계기가 된 그 한마디로 나는 어쩜 연기에 더 진지해졌던 건 아닐까?

"박차고 나가야 돼! 틀을 깨고 넘어가야 해!"

'배우에게 있어 인정받는 게 얼마나 감사하고 행복한 일인지, 사람에게 인정받고 산다는 건 더할 나위 없이 감사한 일이란 걸 잘 알고 있습니다. 부족한 내게 또 올지 모르는 일들이지만 다시 언젠가 꼭 영화제마다 이름 거론되도록 성장하고 인정받는 배우 되도록 노력하겠습니다.'

아직 배우는 중입니다

◦ 배우, 진짜가 되라 ◦

진짜 연기를 하고 싶다! 진정한 연기를 하고 싶다!

오디션을 보고 스스로 실망해서 집에 들어서자마자 내방 침대로 뛰어가 온몸을 내던져 엉엉 울던 날도, 단역으로 촬영을 마치고 여러 생각에 운전하며 집으로 달려오던 날도, TV 속 아주 짧게 내 모습이 살짝 비추던 행복한 순간들도, 상업영화 〈사도〉 촬영 당일 분장실로 들어가 앉아 옆을 보니 분장 중이신 송강호 선배님이 계시지 않던가… 너무 놀라 긴장되서 어설프게 인사드린 순간도, 몇 년 전인가 살을 에는 추위에 낙원지하상가를 누비며 몸뻬바지랑 장화랑 두툼한 양말을 재빨리 사들로 의상팀에 보여드리자 좋다 하시며 웃어주셨던 날도…, 단역 오디션서 주연으로 캐스팅된 작품이 부산국제단편영화제 본선 진출한다는 소식을 들었던 날도…

더 많은 나의 역사를 뒤로하고,

배우가 되는 길에는 대단한 인내심이 필요하다는 것을 알게 된다. 숱한 날 숱한 이야기들을 뒤로하고 이름 없는 배우분들도 그렇게 배우가 되려하시고, 되셨겠지….

만만치 않은 배우의 길, 결코 쉽지도 가볍지도 않는 배우의 길….

그것을 알기에 가는 길을 멈출 수 없다.

• 연기는 늘 아쉽다 •

배우가 되는 길은 참으로 어려운 일이다.

정작 연기를 하고 있으면서도 스스로 배우라 말하기 또한 얼마나 어려운 일인가.

배우는 고귀한 직업이라 생각했기에 쉽사리 다가가기 힘들었다. 더군다나 나에게는 내 꿈보다 자식을 키워야 하는 엄마라는 이름이 앞서 있기에 꿈은 그저 사치에 불과했다. 그것은 엄마의 숙명이자 운명이다.

결혼 전 아니, 학창 시절부터 꿈꿔 온 배우라는 길은 중학교 시절 수업 시간 연극을 하면서 시작된 것 같다.

배우라는 직업은 '쉼'이 당연하게 주어진다. 그 쉼 동안 배우로서 스스로에게 배우라는 갑옷을 입힐 준비를 해야 한다. 배우에게 촬영이 없는 시간들은 본인에게 더욱 집중한다면, 모든 배움이나 감정들은 훗날 재료가 될 수 있을 것이다.

인연이란 소중한 것!

촬영장서 돌아올 때마다 생각 하는 게 있다.
하나는 '더 잘했어야 했는데'라는 아쉬움….
하나는 '언제 다시 배역을 맡게 될까?' 하는 불안감….

아직 배우는 중입니다

· 배우, 먼 길 ·

나는 누구인가….

배우라 말하기 이르고 아니라고 하기엔 이미 늦었다!
내게 왔던 기회를 놓치고 집에 와 수없이 울던 순간들을 굳이
이 공간에 쓴다는 게 부끄럽지만, 배우가 되기까지 누구라도 느껴
봤을 거란 생각을 감히 해 본다.

불쌍한 정원이! 바보 정원이!

어찌 보면 당연했던 일들….
내가 미워서 많은 생각을 했었지….
이 따위로 할 거면 때려치워.
그것밖에 안 되면 자격 없어 바보야!

촬영장에서 연기하는 그 짤막한 순간이 얼마나 목마른 순간인

지 너무나 잘 알기에 그 간절함을 뼛속 깊이 느낄 때 다시 한번 나는 배우로서 살아가야 함을 확인한다! 아직 배우라기엔 부끄럽다는 걸 알지만 내가 가야 하는 길임을 확인하며 부끄럽게 생각했던 자신에게 실망 또한 하지 않을 수 없다….

나에게 말한다.
"두려워 하지마 정원아! 너 갈 길 가도 돼! 충분히 잘 지켜왔고 잘 살아왔어! 수고 많았다. 좀 후회돼도 괜찮아!"

아직 배우는 중입니다

• 배우 공부 •

다르게…:

새롭게…:

사실대로…:

몇 년 전부터 읽어오던 책은 끝나는 것이 어렵다.

스타니랍스키의 성격구축, 배우수업, 역할창조…:

우리네 삶에 끝이 죽음이라 칭하지 않겠다.

사는 중에 죽음을 만드는 구간에서 살아날 용기를 스스로 찾아 다시 시작 할 용기를 얻는 것! 그것이 인간 삶! 절망은 희망의 씨앗 이다. 두려움은 곧 사라진다.

누구에게나 처음은 있고 경험할수록 처음은 그리움이 되게 진 지한 시작이 되어야 할 것이고 첫 실패를 부끄러워하기보다 당연 한 그러므로 시작하는 이들에게 희망을 나눠줘야 하고 응원해 주 는 진정한 경험자가 되어야 한다고 생각한다.

내 편은 늘 나를 응원해 준다.

연기를 시작할 때도 시작하다 못할 때도 연기력을 지적할 때도 혹독하다.

다 이쁘다고 잘 될 거라고.

고마운 사람이다.

지금은 이것밖에 못되지만 발전하고 있으니 기다려줘 어차피 삶 끝까지 할 연기니까.

홀로의 시간 연기가 좋아서

처음으로 혼자 연극을 보러 갔다.

〈나는 이 세상에 없는 계절이다/빈 방〉, 작·연출 장용철·김성식.

어릴 적 영화도 쇼핑도 혼자해 본 경험이 (친구 많았음) 많았다. 오늘 연극보는 시간도 되려 감정 숨길 필요 없어 편했다. 대학로에서 유일하게 관객석이 삼면으로 있는 곳으로 남아있는 곳이라고 누군가 말하는 걸 들었다.

포근히 감싸주는 공간에 매력을 느꼈다. 〈나는 이 세상에 없는 계절이다〉를 보는 내내 내 마음의 빈방과 주변 사람들에 대해, 특히 가족에 대해 생각하게 됐다. 극 속에서는 소중하던 사람이 죽고 난 후 우리에게 남겨놓은 것을 견뎌야 하는 홀로의 시간을 말하는 곳에서 내가 경험한 것으로 감정이 흘러 들어갔고 상상하니 가슴이 아팠다. 아이와 아내를 잃은 아픔은 삶을 송두리째 흔들어 뿌리를 뽑는 듯 그의 남은 삶이 위태로웠으나, 그가 견뎌야 하는 이유를 그가 찾아야 한다. 우린 스스로의 삶에 위태로운 순간을 맞이할 때 절망이란 날개가 아닌 희망이란 날개를 찾아야 한다. 간절히….

〈빈 방〉의 첫 번째 집 구하는 직장인의 대사 중에서 연기자 입장이라 그런가….

월세방을 보러온 직장인 남자의 대사 중 "연기가 하고 싶어서 왔다"는 말에 나를 돌아봤다. 연극인들을 보니 많은 생각이 나를 눈물짓게 했다.

그렇게 연기가 좋아 여기에 다 모이셨군요. 유명하고 싶기 전, 돈을 많이 버는 것을 생각하기 전, 그저 연기가 하고 싶은 거죠…. 행복해 보이던 그녀와 그분들 잘 봤습니다! 감사합니다! 고맙습니다!

집으로 오는 길은 밤 9시 이후 버스 전용차로를 이용할 수 있어서 '씽~' 하고 단숨에 달려오니 음악도 좋고 핸들도 좋더라. 난 혼자 운전하는 걸 좋아한다. 나와 만나는 순간이다!

· 아무것도 모르는 여인, 나! ·

영화 오디션을 보던 그날!

오디션을 마치고 갑자기 감독님께 인사 영상을 해 보라서서 여쭤봤다.

"이창동 감독님께서 직접 영상을 보시나요?"

"네 아마 그러실 거예요."

나는 감격을 한다. 너무 감격해 감정 조절 불가로 인사드리다가 엉엉 울며 눈물이 콧물이 범벅됐었다. 지금 생각해도 참 바보 같았던 나.

감독님께 나를 보이며 정중히 인사드렸어야 예의인데…. 인물 감독님께 인사드리고 나와 그저 감격만 했었다. 이창동 감독님께서는 내 영상을 보셨을까? 어이없어하셨겠지? 보셨기를….

몇 년 전 내 편 대학 후배 동생의 영화 입봉작 〈배심원들〉을 개봉한다고 연락이 왔었다. 난 이유 없이 반가웠다. 영화배우인 내 입장에서는 내 편의 누군가도 영화 관련 일을 한다는 게 동질감 같은 것이 느껴졌다고나 할까…. 주변에 연기자와 관련자들로 가득 차기를 기대해본다.

우리 부부는 정말 전쟁 같은 결혼생활을 했었다. 그래서였을까…. 주변을 돌아보면서 살지 못 한 게 너무 안타깝고 아쉽다. 좋은 사람들을 못 보고 산 시간들에 미안함이 느껴진다.

내 편 동창들은 참 좋은 사람들이 많다. 사람 좋다는 말이다.

사학과 출신들이라 좀 고리타분할 줄만 알았는데, 유머도 있고 위트있으며 나름…. 음…, 근데 역시 촌스러움. 오히려 정감있다고 해야 할까? 나와 내 편은 스타일부터 다른 게 많다. 그런데도 닮은 구석도 있다. 우리가 사는 이유는 다른 듯 같아서? 그런 재미가 바탕에 있어서 아닐까?

◦ 한계도 포기도 없는 배우 ◦

내가 연기를 하게 된 데는 다 이유가 있다.

'좋아서'라는 감정을 넘어선 귀한 떨림이 시작이었던 것 같다!

연기를 하면서 스스로에게 끝도 없이 묻는다. "너는 왜 배우가 되려 했니?"

"어떤 배우가 될래?"

"정말 배우가 좋니?"

"어떤 배우로 남고 싶니?"

"자격 있다고 생각하니?"

"자격 있을까?"

연기 스터디 후 수없이 연기 관련책을 읽고 혼자 연기 공부를 한들 내가 배우가 되겠나를 진지하게 돌아보고 되뇌이며 지내오고 있다.

그만두어야 하는가를 수없이 고민하고 고민했다.

이런 내게 어떻게….

•

긴 세월 고생하시는 분들을 보면서 나는 몇 배로 배우고, 고생해야 한다고 진지하게 생각해 왔다. 연기를 하면서 좋은 분들을 뵙기도 했다. 그 분들은 나에게 희망을 봤을 수도 때론 걱정을 봤을 수도 있을 것이다! 그런다 해도 함부로 하신분은 없었다. 되려 연기를 진지하게 하고 그만두지 말고 계속 연기하기를 권하시는 감독님도 계셨었다. 서로 위로와 격려를 해주는 동료들도 있다. 눈물이 난다…. 가고 싶은 길이 너무 멀다…. 허나…. 간다….

다만 늘 희망적이고 가능성 있으며 포기를 모른다.

내가 버틸 수 있는 이유는 나를 믿고 나에게 가능성을 보신분들의 아주 잠시의 말씀이 있었기 때문이다. 난 지금 생각처럼 안되는 분들이게 희망을 드리고 싶다! "포기하지마시라" "반드시 원하는 순간을 맞이하게 될 것이라고" 감히 전해 드리고 싶다.

• 배우라는 귀한 길에 느끼는 갈증 •

더 노력해!

실망할 것 없어!

더 큰 그릇을 만드는 중이잖아!

담아내려면 더 쓰러지고 부딪혀보고 아파봐야 해!

반드시 다시 기회가 올 거야!

날아 본 새는 반드시 다시 날아간다!

성공이 뭔지는 알잖아!

대단한 걸 바란 적 없지만 큰 그림을 그려야만 해!

그 그림은 너만의 것이 아닌 나눔을 이루기 위함이지!

성공은 내 것이 아닌 모두를 위함이지!

그래서 어렵고 고귀한 거야!

자격을 갖춰봐!

쉽게 덤빈 적 없지만 두려워할 필요도 없어!

자신감을 가져!

넌 할 수 있어!

넌 멋진 여자니까, 충분히 지켜왔으니까 너의 길을 가!

이제 덤벼봐! 세상이 비웃는다 해도 단 한 사람 넌 자신을 믿잖니!

아직 배우는 중입니다

◦ 끝이 없어 행복한 배우 ◦

올 한해 나에게 행운과 같은 감사한 일도 속상한 일도 생겼었다.
행운 같은 일이 모든 것을 지탱할 수 있게 했다.

연기가 뭔지 늘 고민했다.
혼자 하는 고민도 좋지만 좋은 스승과의 만남이 고민 중인 나를
연기에 더욱 다가가게 했다.

귀하고 소중해서 함부로 말도 못 꺼냈던 지난 날들….
일하다 차 안에서 독백하며 소리지르던 날도….
잠에서 깨자마자 중얼중얼하던 날도….
몇 년이 지나도 기억에 남는 예전 스승님께 연기 영상을 보내드
렸던 날도….

혼자 배우란 무엇인가를 끝없이 질문해 왔다!
끝없이 끝없이 고민 중이다!

바쁜와중에도 놓지 못했던 연기….

너무 연기가 하고 싶어서 울던 나….

그런 엄마가 안타까운지 마음 쓰는 큰아이….

큰아이가 얼마 전 작사를 해왔다.

가사 안에는 나에 대한 이야기가 있었다…. 너무 슬펐다.

뜨거운 눈물이 흐르는 순간 느꼈다. '아들이 엄마가 아이들 때문에 엄마 길 못 간다며 슬퍼하는구나….' 너무 가슴이 아팠다. 아이들이 어렸는데 어떻게 알았을까….

엄마를 응원해주는 아들 고맙구나!

근데 걱정 마라! 엄마의 연기는 언제까지가 아닌, 살아 있는 동안 계속하는 거니까…. 조금 늦는다고 걱정하지말자….

곧 빛날 나를 믿어 혼자 힘으로 가자!

더욱 안정적이고 섬세한 배우로 거듭나도록 노력할 것이다!

아직 배우는 중입니다

◦ 배우에게도 배우는 배우 1 ◦

매즈 미켈슨의 연기!

그의 연기를 볼 때마다 내면 깊은 곳에서 시작되는 그 무엇이 느껴진다. 특히 아픔을 표현할 때 슬픔과 간절함은 눈빛 저 깊은 곳에서 은하수 같이 펼쳐진다….

아픔의 감정을 어느 위치에 놓아야 하는지를 알고, 역할 안에 충분히 절제되어 있는 연기….

그리하여 고통은 고스란히 전달되며 관객인 나도 감정 위치를 찾는다…. 자연스럽게….

그의 작품에서 그만의 매력이 스크린 밖으로 질주할 때면 난 배우란 무엇인가를 고민한 지난날의 숱한 물음의 해답을 얻는 기분이 들어 흥분된다. 배우의 연기에 그렇게 매료됨으로써 내가 다시 숨 쉬는 거다.

훌륭한 배우란 무엇인가? 훌륭한 배우란 정해져 있는가?

내면과 외면을 표현함과 동시에 감성과 순수성이 만나 진지한 연기를 펼치는 순간일까… 정답이 없다지만 배우로서 관객에게 감정을 고스란히 넘기는 일이야 말로 기본 중에 기본일 테고, 아마 그 부분이 배우로서는 막중한 책임감마저 드는 부분이 아닐까 생각된다.

행복하다!

지금 이 순간 내가 존경할 수 있고 배울 수 있는 기회들에 감사하다!

올해도 존경하는 분을 뵙고 싶다. 주변이 온통 그러할 것이다!

◦ 혼쭐나도 행복한 나, 계속 배우는 배우 ◦

몇 년 전, 촬영날 의상이 맞지 않아 의상팀서 한소리 듣고 후다닥 낙원상가 지하를 누비며 몸빼 바지랑 두꺼운 양말이랑 장화를 사들고 "이 옷과 장화를 사왔는데 괜찮으실까요?" 하는 내 모습에 활짝 웃으시며 의상팀 하시는 말씀. "네, 좋아요!" 그날의 추위는 살을 에는 바람과 공기였다. 지금은 유명해진 구교환 배우님과, 이미 유명하시고 멋지신 명계남 선생님, 영화 〈사도〉에서 정성황후 역 박명신 선배님까지…. 훌륭하신 분들과 호흡이 기대될 즈음….

김수현 감독님께서 나의 이미지를 보시곤 부엌에 콕 박혀? 파만 송송 썰어야 했다. 명계남 선생님 막걸리 주문씬에 들고 나오면 구교환 배우님 내게 애드리브를 치시니 감독님 웃으시며 내 이미지가 영화에 맞지 않으니 애드리브도 허락이 안됐다. 하지만 너무나 즐겁고 선배님들께 배울 것이 있던 현장이었으니 어느 현장이 할 것이 없다고 말 할 수 있는가….

촬영 마치고 구교환 배우님 박명신 선배님과 사진 한 컷! 감사합니다!

• 오디션, 신뢰를 주는 일! •

오디션 그거요? 떨어지려고 보는 거거든요….

처음에는 붙으려고 보는 거라 생각했어요!

지금 생각해 보니 캐스팅된 작품들도 믿어주셨던 그 믿음 하나에서 시작된 거더라고요.

믿음과 신뢰가 얼마나 중요한 것인지 항상 느낍니다!

계속 배우고 익히는 중에 느끼는 것은 결국 나와의 싸움이라는 사실이더라고요.

기다림…. 그리고 내 감정과 진심으로 부딪힐 때 도망치지 않을 용기와 자격을 갖추는 일! 그것이 배우의 자격 중에 하나인 것 같아요.

믿는다는 것!

신뢰한다는 것에는 시간이 필요합니다.

나도 나를 익히는 과정 속에 신뢰와 믿음이 생겨 자신감을 가질 수 있듯이 상대방과의 믿음과 신뢰를 갖기 위한 충분한 시간이 필요한 것 같아요.

아직 배우는 중입니다

모두 존경합니다!

오늘날까지 견딘 배우분들께 존경과 사랑을 전해드리며, 얼마나 힘들고 외롭고 두려웠을지…. 걱정되고 스스로 의심도 해보고 좌절해 보았을지를…. 넘어지다 일어서기를 반복하셨을지를….

절실함과 얼마나 싸우셨을지를…. 근데요…. 이게요 다 제 이야기예요!

오늘까지 배우로 있을 수 있었던 숱한 사연들을 뒤로하고 또 가보죠 뭐!

• 배우러 가는 배우의 행복 •

하루 버스를 타고 서울 가는 길은 험난했었다.

집에서 강남 초입까지 30분 정도면 갈 거리가 매번 밀려 도착지까지 2시간 정도를 가야 했다. 그러니까 강남 초입도 꽤 시간이 소요되는 것이다. 운전하며 음악듣는 것을 즐기는 나에게 두 시간쯤은 견딜 만했기에, 오롯이 나에게 집중하며 흥얼흥얼거리기도 하며 꾸역꾸역 목적지까지 잘도 다녔다. 그러다 문득 '버스를 타면 전용차로로 다니니 타볼까?' 하는 생각에 버스를 탔다. 집 근처 정류장서 버스를 타고 서울서 환승을 하느라 약간 힘들었다.

문제는 집에 오는 버스 안에서 생겼다.

일반버스를 타고 기사 아저씨께 이러쿵저러쿵 사정을 말씀드리고 내려달라고 정류장을 여쭤봤는데 잘 모르신단다.

일단 강남역 몇 번 출구 쪽에 내리며 울먹이니까, 기사 아저씨께서 큰소리로 나를 부르신다. "이보세요! 거기는 아닌 것 같으니 다시 타세요! 아무래도 댁에 가시려면 다음 정거장서 내려서 건너가야 될 것 같아요" 나는 울먹이다가 기사 아저씨 말씀에 버스로 올

라탔고 "너무 감사합니다." 하고 인사드리고는 다음 정거장에 내려

주셔서 집까지 잘 왔다.

다시는 버스를 타지 못할 것 같아….

그러다 어제 버스를 타고 가게 됐다.

동료들과 수다 타임을 갖기 위해! 홀가분한 마음으로 버스 타기

재도전!

근데 오는 길이 늘 불안하다. 이번엔 조금 헤매고 왔다.

✳ 배우에게 배우는 배우 2 ✳

줄리엣 비노쉬….

그녀만의 향기가 있다.

그녀의 연기에는 내가 원하고 희망하고 소망하는 연기가 있다….

수년간 고민해오고 있는 배우란 무엇인가? 연기란 무엇인가?

그것은 나를 숨막히게도 하고 희망이라는 꿈을 갖게도 해왔다. 미약한 내가 내공 있는 배우분들의 연기에 놀라움을 느끼는 일이야말로 소중한 기회이다….

나에게 배우란 너무나 먼 이름…. 길 위에 선 지금 막막함이 더해진다.

혼자 가는 길은 익숙하지만 늘 외롭고 고독하다….

다른 직업과 달리 쉬는 시간이 긴 배우라는 직업….

쉬는 시간 동안 쉰 적 없는 일상….

배우이기에 일정한 직업을 못 잡아 힘도 들지만….

사랑과 희망으로 견디는 시간들….

아직 배우는 중입니다

• 영원한 물음표, '배우' •

어떤 배우가 되야할까…. 난 배우가 될 수 있을까….

배우란 뭘까….

배우가 뭐라고 생각하냐고 누구라도 묻는다면 뭐라 답할 수 있을까….

내가 진짜 배우가 될 수 있을까…. 배우가 뭐지….

배우란 뭐지….

배우…. 정말 뭘까…. 배우를 정확히 뭐라 생각해야 할까….

어떤 존재로 받아들이고 이해하면 좋을까….

십 년 가까이 고민해 왔다

배우로 변신하기 위해 숱하게 나에게 물어왔던 날들…. 배우란 무엇인가?

남편에게도 숱하게 물어왔다. 남편 말은 결국은 모든 것은 내가 찾아야 할 문제라 한다.

"당신이 직접 찾아봐."

세월이 흐른다…. 그 고민은 끝이 없다! 배우라는 두 글자는 단

순하게 본다면 쉽다. 하지만 단순할 수 없는 이름이다!

다시 배우란 무엇인가 고민한다! 아니, 스스로에게 지겹게도 물어왔다! 책속에서도⋯. 배우님들의 말씀에서도⋯. 배우란⋯.

지난해 그 답답함을 조금이나마 덜 수 있는 배우라는 이름을 조금 이해하게 됐다!

"배우라는 두 글자에 해답이 없다. 곧 영원한 물음표 같은 것이랄까⋯." 이렇게 해석해 보니 해답을 찾아다녔던 답답한 가슴 한 켠이 좀 시원해지는 듯했다! 그리고 배우를 다른 시선으로도 바라보게 됐다!

'망망대해에 떠 있는 돛단배와 같은 것! 그저 항해하다 만나는 아름다운 섬에서 난 진심을 펼치고 관객분들에게 진심을 드리고 나로 인해 조금이나마 위안과 위로를 찾기를 바라는 것'이라고, 그렇게 이해하고 그런 배우가 되어야겠다고 생각했다!

그런 배우가 되기 위해 온몸에 배우라는 갑옷을 입을 자격을 갖추는 중입니다.

아직 배우는 중입니다

배우로서 자존감을 갖는 일

이제 좀 나아가도 되겠어요….

연기에 대해 해왔던 많은 고민들이 풀리기 시작하니 누구를 만나도 될 것 같다는 자존감이 생겼다. 사실 그간 많은 만남들을 뒤로 한 이유는 '나는 배우로서 과연 누구 앞에 떳떳할 수 있는가'였다. 10년을 넘게 고민해 온 내가 신기하다!

'아직 준비가 덜 된 모습으로 누구든 만난다면 실망밖에 드릴 게 없지 않은가'라는 마음가짐 때문이었다.

이제 나의 연기를 믿고 나를 믿게 됐다 조금…!

내가 인정하지 못한 나를 누구에게 떳떳하게 말할 수 있겠는가…. 그저 동료분들과 SNS 친구분들 이외 누구에게도 내가 연기자라 거의 말하지 않아 왔다.

영화 〈사도〉 개봉 당시 아버지가 가장 먼저 떠올랐다! 아버지께 전화드렸다.

"아빠! 지금 제 영화가 영화관에서 상영해서 보고 나오는 길이

에요! 아빠 나 영화 찍었어요!" 엉엉 눈물이 나온다.

그제 단역이었고 편집돼서 스크린서 볼 수 없었던 내 모습이지만, 촬영 날 벅찼던 감정들과 촬영 마치고 다들 저녁 식사 하시는데 큰소리로 "감찰상궁 김정원 갑니다! 감독~ 배우님들! 수고하세요! 감사합니다!" 하며 인사드리며 올라오던 그날의 감정들이 올라왔던 거다. 그리고 아빠께 성공을 약속하고 싶었다. 말로 꺼내진 못했으나…

부산국제단편영화제 본선진출 당시 '이런 기회가 다시 오지 않을 수 있다'는 생각에 남편과 아이들을 데리고 부산으로 내려가 부산국제단편영화제 참석을 했었다.

아이들이 엄마인 나의 일을 더 이해하고 기뻐해 주길 바라는 마음에서였다.

연기에 대한 모든 것은 다 조심스럽고 마지막 같았었다.

귀한 것은 그렇게 조심스럽다….

소중한 것은 그렇게 조심스럽다….

그래… 난 참 잘 살아왔다. 내가 나를 인정하고 그리 말해주고 싶다. 잘 참고 잘 살고 잘 지켜왔노라고…

완벽하진 않겠지만 지혜롭게 잘 살아왔고 가끔 주변 사람과 안 맞아 힘들 때도 있었지만, 그건 인간으로 살면서 겪는 상황 중 일

아직 배우는 중입니다

부분이기에 홀로 보낼 수밖에…. 모두를 사랑할 수 없듯 모두에게 사랑받을 수 없다….

우리는 서로가 인정할 때 기꺼이 마음을 내어 줄 수 있을 것이다.

· 서툰 엄마, 서툰 배우 ·

삶의 끝이 있음을 알고,

끝이 행복이라는 마침표가 됐으면 하는 바람이 있다!

설령 꿈을 이루지 못한다 해도 이룰 수 없던 이유가 있었을 것
이 분명했을 나를 알며, 후회로 눈물을 훔치더라도 나는 끝을 행복
으로 정한다!

서투른 엄마로 서투른 배우로…

온통 완벽치 못한 삶을 살고 있으나….

태초부터 완벽하지 못함을 받아들이고, 남은 인생 달리 살아보
려 한다.

그 끝은 행복으로 정한다!

아직 배우는 중입니다

배우라는 직업

배우….

우선 '직업에 이름을 곧바로 입을 수 없음'이라 스스로 정해본다.

배우라는 두 글자가 어렵고 귀함에 그리 정해본다.

그리하여 그 길로 가고 있는 모든 선후배님을 존중한다.

그리고 각자 영역에 들였을 시간을 존중한다.

그 시간은 연기를 하는 시간이건, 자의건 타의건 쉬었던 시간도 존중한다. 이유는 모든 배우분들도 예상할 것이다. 사실상 배우라는 직업은 타 직업과 달리 쉬는 타임이 많다.

쉬는 시간을 잘 활용해야 한다. 현실이고, 그것을 이해하지 못하는 배우는 없으리라 생각한다. 나 또한 두 아이를 키워야 하는 엄마이기에 배우로서와 엄마로서의 역할병행은 기본이었다. 결국 모든 직업에 생존은 소득이다.

나는 나에게 농담으로라도 배우라는 직업에 있는 나를 비하하는 발언은 받아들일 이유를 못 느낀다. 배우라는 직업을 귀하게 여기기 때문이고, 아직도 어려운 대상이기 때문이다. 그리고 그들이 비하하는 의도를 정확히 파악하기에 더욱 내공을 쌓아야 한다고 다짐한다!

배우라는 이 길 위에서 누가 누구를 판단한다는 것은 참으로 위험하고 건방진 사고가 아닐 수 없다!

나는 어린 시절부터 남 흉을 보는 것을 아주 나쁜 습관으로 여겨왔다!

남 흉보는 이를 멀리하며 지내왔다. 그들은 삼삼오오 어울려 무리 지으면서 마치 자기들의 모든 것이 옳다는 자기합리화로 해석하는 성향을 기본적으로 가지고 있으며, 타인을 때로는 궁지에 몰려는 습성을 가지고 있기 때문이다.

남 이야기에 흥미를 못 느끼는 나로서는 이해하기 힘든 부분이다. 아마도 나에게 초점이 맞춰져 있기 때문인 것 같다! 그들은 그들의 방식대로 사는 것임을 알고, 나와 다름을 인정했다.

그것을 받아들인 순간 이해하는 범위도 달라졌다.

나는 나의 외모를 지적하는 이들을 재밌게 생각한다.

외모는 나를 그대로 투영시키기도 하지만, 사실은 반증의 의미를 갖고 있음을 전혀 모르는 이들의 반응에 반응할 이유를 못 느낀다.

우리는 서로 다름을 인정할 때 비로소 한 발자국 더 다가갈 것이며, 서로의 손을 잡을 수 있을 것이다!

배우….

결코 시들지 않는다!

진짜가 되는 중에 있는….

· 예술의 세계를 이해한다는 것은 ·

서울세계무용축제!

인간의 몸!
무용수들의 몸의 말!

극도로 혐오스럽기도하고, 극도로 아름다움을 느끼게 해줬던
작품이라던 어떤 관객의 질문 내용 중에 표현처럼, 각자만의 표현
을 말과 몸동작은 분명한데 전혀 소통되지 않음에서 오는 극도의
답답함을 느껴 보고, 결국 신비로운 몸의 동작으로 답답함을 극복
하게 해준 무용수들에 도취된 춤언어와 마치 제3세계의 언어 같은
언어가, 결국 해방감을 마주하게 해주니…. 아~ 예술이여 좁쌀 같
은 예술의 이해도를 품고 있는 내가 느낀 예술적 감각에서 온 감
정들….

그들이 준 메시지는 관객마다 다르게 받아들이고, 해석했겠지
만…. 난 끊임없는 갈구와 존재치 않는 답답한 세상 속 인간이 표

아직 배우는 중입니다

현하는 최대치로 한 부분을 이해해봤다. 아니, 어쩜 모든 문명의 발달과 성장 뒤 인간이 더 이상 갈구할 것이 없음에서 오는 행위들이 아닐까….

관객이 자유롭게 해석해서 받아들이는 것에 목적을 두었던 공연….

아무런 정보를 찾아보지 않고 관람했다….

글로 다 표현하려 해서는 안 된다!

글도 결국은 내 맘이 쉼공간과 표현공간을 내주었을 때 편히 써지는지라….

소통과 불통…. 혐오와 아름다움…. 언어와 비언어….

통하지 않음에 오는 답답함과 고통을 뛰어넘는, 아니 극복 가능한 소통….

온몸으로 내보여도 알 수 없는 저편의 불통자들과의 소통….

오늘 공연은 많은 생각과 감정들로 끝내 눈물을 흘렸다.

관객으로서 관람하다가 그저…. 배우로 깊이 있게 바라보게 했던 공연이었다.

예술이 무엇이기에 그토록 배우를 그 세계 안에 안주하게 하는가…. 자연과 같은 예술 앞에 한없이 작아져 보니 내 눈물의 의미를 알 것도 같아….

현대인들은 같은 언어로 소통하지만, 분명 소통을 가장한 불통자들도 적지 않을 것 같다.

현시대가 안타까울 때가 많다.

감히 안다고 할 수 없는 예술의 세계!

알 듯 모를 듯
사랑하는 예술가들….

아직 배우는 중입니다

2

김정원의 살아온 이야기

어린 시절 나, 어린 시절 아들

수영도 잘하시고, 늘 멍멍이와 새 토끼 소와 송아지 꽃과 나무가 함께 했었다. 올해 82세로 사이클 타실 때 마을에서 아버지를 보시는 사람들이 젊은 사람으로 오해한단다. 사이클 복장과 헬멧 선글라스를 쓰시면 겉보기에 40대 같다나? 이제는 많은 것을 내려놓으신 것 같지만 멋쟁이 아버지 우리 육 남매를 키우시느라 하고 싶으신 것을 40대부터인가 하시며 살기 시작하신 것 같다. 어린 시절 우리 집에 산이 있었고 산등성이에 밭이 있었는데 그 산에 있는 밭에 갈 때 산에 오르며 따먹던 산딸기가 참 맛있었다. 어린시절 난 꽤나 명랑한 아이였는데 아래로 두 동생을 돌보는게 내 일상이었다. 두 동생을 돌보느라 친구와 놀던 기억은 거의 없다.

내 위로 언니만 셋인지라 바로 아래로 남동생이 태어난 후 친척들이 오시면 "니가 남동생 본 애구나." 하시면서 관심과 약간의 이쁨을 받았던 기억이 선명하다. 그래서였을까 두 동생을 돌보다가 (함께 놀다가) 힘들거나 귀찮을즈음이면 남동생을 예뻐라 하는 마음이 변함 없던 것 같은데 막내 여동생은 야단치곤 했던 기억이 있

아직 배우는 중입니다

다. 여동생은 어린 시절 언니가 자기를 미워했다며 속상한지 가끔 이야기를 꺼내곤 했다. 그땐 나도 어렸다 국민학교도 입학하기 전이었다.

국민학교에 입학하고 두 동생이 젤 마음에 걸렸었다. 남동생에게 누나 학교 끝날 때까지 막내랑 잘 놀고 있으라 당부하고 하교 후 달려왔었다. 그렇게 시간은 갔고, 남동생도 국민학교에 입학을 하고 여동생도 국민학교에 입학을 했다. 남동생은 국민학교 4학년이 되던 해 나에게 완전히 분리 되어 같은 사내아이들과 어울렸다. 같은 해 막내 여동생 국민학교 2학년 때는 동내 쌍둥이 친구가 이사를 와 나에게서 완전 분리가 됐다. 그해 나는 국민학교 6학년이었다.

그렇게 나의 유년기는 지나고 친구를 사귀어 사회성을 기를 시기에 난 두 동생과 온전하게 하루하루를 보냈다. 두 동생들과 지냈던 그 시절 추억들이 떠오를 때면 오십을 넘긴 오늘도 어련한 그리움과 슬픔 아쉬움이나 미안한 마음들이 든다.

·

우리 큰아들이 초등학교 3학년 때 둘째 딸아이가 아들 다니는 초등학교 병설유치원에 다녔다.

근무지가 항상 타지였던 엄마로 인해 큰아이는 1년 내내 여동생 하교를 도맡아 주어야 했고, 1년 중 하루도 빠트리지 않고 자기 동생 하교를 시켰다. 어느 날은 땀을 뻘뻘 흘리고 얼굴은 시뻘거니

해서 동생에게 달려간 아들을 보니 대견한 마음 앞에 어미로서 미안하고 짠한 감정이 울컥하고 올라왔다. 병설유치원 담임선생님께서 내게 조심스레 말씀하셨다.

"어머니 지우 오빠에게 칭찬과 보상도 해주셔야 하지 않을까요? 오빠도 어린데 4시 정각 맞춰 오기란 어른도 힘들 수 있는 일이거든요. 보상이라고 큰 것이 아니라요. 아이에게 맞게요. 어머님."

맞다! 당연한 일이라 여긴 적 없지만, 큰아이도 한참 뛰어놀 초등학생 3학년일 뿐인데…. 너무나 기특한 내 새끼에게 다시 칭찬과 고마움을 표하고 맛있는 것을 사주고 맛있는 저녁을 차려 주었다.

아들은 정말 동생을 잘 보살폈다. 그런 오빠여서 그랬는지, 딸은 오빠를 어려워했다. 어느 날인가 퇴근길 딸아이 전화가 온다.

"엄마! 나 엘리베이터 타야 하는데 무서워!"

"오빠에게 1층으로 내려와 달라 전화해봐라."

딸은 말한다.

"안돼! 절대 안돼! 엄마 오빠한테 늦게 온다고 혼난단말이야! 오빠한테 전화하면 절대 안돼! 알았지!"

너무 귀엽다. 나는 당연히 딸아이 몰래 큰아이에게 전화를 했다. "아들. 지금 동생 1층 엘리베이터 타려는데 무섭단다 절대로 너에게 전화하지 말라는구나. 오빠를 엄청 무서워하네. 야단치지 말고 내려가 데려올 수 있겠니?"

아들은 걱정하는 어미 마음을 잘 안다.

아직 배우는 중입니다

"네 엄마 지우 1층이래요? 제가 잘 데려올 테니 조심히 집으로 오세요."

아들은 항상 예스맨이다. 아들에게 세상 모든 엄마들이 이런 마음일까 하는 마음이 자주 든다.

고마운 기특한 아들아….

돌아보니 모든 게 아름답다

딸, 아들을 너무 사랑하는 아버지….

꽃보다 예쁜 내 딸 하시던 그 어린 시절을 잊지못한다….

시골 촌뜨기였던 시커멓고 땅콩만큼 작은 말괄량이 나!

그 시절에는 자음과 모음도 못 익히고 숫자 100까지 세고 국민
학교를 입학하는 학생은 드문 때였다. 또래 친구보다 숫자도 자음
과 모음도 외워 초등학교 입학을 했었다. 아버지는 나에게 똑똑
하다는 더 어떤 말씀을 내비치시곤 하셨었다. 초등학교 5학년 되
던 해 방과 후 수업으로 영어를 배우라고 아버지는 권하셨다. 그땐
1985년도. 아버지는 영어를 잘해야 되는 세상이 온다셨다. 방과 후
수업을 했었다. 영어로….

배운 단어는 단 몇 개와 몇 문장이었는데 아마 아는 사람은 알
"헬로우~ 굿모닝 영희." 정도의 수준이었다.

시골 소녀는 1986년 초등학교 6학년, 태어나 처음으로 시내버
스를 타게 된다. 그것도 한 학년 아래 동네 동생의 도움으로 말이
다. 작은 키에 왜소한 체격의 나에게 버스 안은 겁이 났다. 손잡이

도 손에 닿지 않고 비포장도로를 달리는 시내버스가 출렁일 땐 울기 직전까지 됐었다. 결국 앉아 계신 어느 분이 일어나자 나를 자리에 앉힌 동네 동생….

중학교에 입학하니 첫날 내 주변으로 반 친구들이 몰려든다. 난 신기했다. 그러니까 깡촌서 시내 중학교도 신기했는데, 시골서 동생들만 돌보던 아무 것도 모르던 나로서는 신기하지 않을 수 없었다. 아마 담임선생님 눈에 들어 반 친구들 앞에서 노래를 부른 뒤 쉬는 시간이었던 것 같다.

"인도 소녀같구나!" "우리 친구하자." "눈이 엄청 크다." 등…. 난 정말 반 친구들에게 관심을 받는 게 신기했다. 눈은 동그랗고 얼굴은 시커멓고 그냥 아무 생각 없이 웃던 나에게 건넨 말이다.

나는 친구 사귀는 것이 어색하고 굉장히 부끄러웠다.

여동생과 남동생만을 돌보던 내겐 친하게 어울린 친구가 전혀 없었다. 부모님께선 늘 바쁘셨고, 위로 언니 셋은 거의 마주친 적 없었다. 누가 동생들을 돌봐야 한다고 한 적 또한 없었다.

남동생 국민학교 4학년, 그러니까 난 국민학교 6학년 때다. 남동생은 딱 4학년 되던 해에 내게서 완전히 분리되어 동생과 같은 사내아이들과 어울리기 시작했다. 여동생은 국민학교 2학년 때 마침 마을에 쌍둥이 동창이 이사를 온 이후 나에게서 분리되었다.

국민학교 6학년까지 동생들의 안부를 확인하며 지내온 내게 중학교, 그것도 시내 중학교 반 친구들이 신기하지 않을 수 없었다.

국민학교 1학년 입학했을 땐 왼쪽 가슴에 이름표와 손수건을 접어 옷핀으로 고정을 했었다. 손수건은 콧물을 닦아내기 위했던 것이다. 입학하니 두 동생이 제일 마음에 걸린다. 남동생에게 당부했다.

"누나 학교 끝나고 바로 올꺼니까 동생 잘보고 있어!"

지금 추억해 봐도 두 동생을 돌봐온 나 스스로가 놀랍다. 물론 늘 아끼며 사랑을 주는 언니였다면 더할 나위 없이 좋았겠지만, 남동생 이뻐해 준 것과 달리 막내 여동생은 많이 혼내곤 했다. 지금도 막내여동생은 그런다. 언니가 자기를 많이 야단치곤 했다고… 나는 그런다. 그땐 언니도 어려서 그랬단다… 미안한 마음이 있다… 혼자 잠들기 직전 그때가 떠오르는 밤은 스스로를 안아준다.

막내여동생 대학 입학 후 어느 날 우린 시내버스 안에서 그런 대화를 한적 있다.

"언니, 난 언니가 엄마같이 어렵고 무서웠었어."

난 놀랐다. 동생 다시 말한다.

"대학생 되고 난 후 언니가 안 무섭더라고."

그래… 그랬을 거야 난 너를 야단치고 혼내곤 했지만 온전히 하루를 보낸 사람이었으니까… 그리고 너의 아픔을 끄집어내어 너를 힘들게 하던 반 친구들 있을 때마다 너의 반으로 가서 너의 편이 되어 너에게 힘을 주고 싶었던 나였으니까… 너희들에게 내

아직 배우는 중입니다

어준 관심을 다 기억할 수도, 알 수도 없겠지…. 그땐 너희들도 어렸고 각자의 기억공간이 다를 테니까….

지금 추억해 보면 모든 게 아름다운 일들이구나….

· 나의 모든 것, 엄마가 미안했어요 ·

얼마나 사랑하는지 말로는 표현할 수 없습니다.

자식이란 그토록 다 내줘도 부족한 존재니까요.
자식이 크는 동안 저도 큽니다.
자식을 키우면서 제가 어른 아닌 어른임을 알아버렸으니 우리
아이들도 힘들었겠다 생각이 듭니다.
요새 큰아이와 갈등은 여느 집과 별반 다른 것이 없다는 것을
알게 됐어요. 큰아이와 일이 있던 다음 날 대화를 했습니다. 아니,
고백을 했습니다. "엄마가 아마 어릴 적 가정교육을 제대로 못 받
아서 아들에게 더욱 힘들게 대했을지도 모르겠다. 미안하구나." 73
년생 나는 육 남매 중 넷째로 가정교육이라고는 예의, 정직, 진실,
근면, 성실만을 배웠고, 요즘 같은 일대일의 세심한 교육은 받지
못했던 시절이었습니다. 실제로 부모님도 사시느라 바쁘셨습니다.

아들에게 말했습니다.

"아들 음식을 만들 때 뭐가 필요하지?"

"재료요…."

아들이 대답하더라고요.

"맞아 재료가 필요하지 만약 만두를 만든다면 그에 따른 재료들이 필요하고 골고루 잘 갖춰졌을 때 맛있는 만두가 만들어지겠지!"

아들은 듣고 있었습니다.

"엄마는 아들 인생도 음식 만드는 과정과 같다고 생각이 든단다. 아들에게 친구라는 재료, 부모라는 재료, 그리고 아들이 좋아하는 취미나 특기라는 재료, 너를 이끌어주실 스승님이라는 재료들이 진정한 아들로 만들어 줄 거다. 그러니까 아들 힘내라! 저기 지는 꽃도 (태양은 밤이라) 내일이 있듯 너에게 내일이 있으니 절망하지도 포기하지도 않는 인생을 살아라." 하고 아들의 등을 두드려 줬습니다.

아들에게 제가 사랑하는 것을 보여주고 싶은 게 아니었습니다. 그저… 그저… 상처받은 아들의 내면을 치유해 주어야 한다고 생각했습니다. 당장에야 미울 수 있겠지만 언제고 아들은 깨닫겠죠…. 엄마가 아들에게 어떤 메시지를 주고 싶었을지요….

"아들 엄마 얼만큼 사랑하니?"

"엄마가 저를 사랑하시는 만큼요!"

고맙더라고요. 그 대답 이전에 엄마가 어떨지를 읽으려는 마음이 먼저 느껴졌습니다.

자식은 그렇습니다.
눈에 넣어도 아프지 않다는 말 정말 알 것 같습니다.

나도 자식이 있으니 세상 부러울 것은 없지만, 세상에 나가 덜 힘들기를, 더 행복하기를 바라는 어미 입장에서는 나에게만 소중한 아들이 아닌 많은 이를 품고 세상에 필요한 아들이길 바라게 되더라구요.

사춘기 고등학생 아들…. 너 정도면 효자고 감사한 게 거의 다인데…. 엄마는 안타까운 게 많구나…. 너를 더 많이 가르치지 못한 것과 부모로서 성공한 모습을 보여주지 못하는 것도…하지만 엄마가 너에게 준 사랑을 네가 아는 것 같아 다행이더구나….

부모가 자식을 사랑하는 마음을 자식이 죽을 때까지, 아니 자식을 낳고 그 자식이 유아기와 아동기 청소년기를 지나봐야 쬐끔 알수도 있다. 나처럼….
앞으로 아들의 하루하루가 날로 발전하여 스스로 떳떳하기를 바란다!
일신우일신! 사랑해 아들~ 따알~!

아직 배우는 중입니다

◦ 아이들과 평창서 추억 ◦

평창군 봉창면.
이효석의『메밀꽃 필 무렵』의 무대가 된 봉평면에서⋯.
마을이 주는 느낌이 너무 좋았다. 장돌뱅이 허생원의⋯.

들어서던 길 어디쯤서 그동안 못다한 아이들과의 수다가 고파
서 일부러라도 걷기를 선택한 우리 부부는 금방 도착할 줄 알았던
태기산 풍력발전소 꼭대기를 거리도 모른 채 무더위에 오르다 지
쳐가던 나는 곧 쓰러지려 하자 내 편이 "쉬어가자~" 하고 또다시
걷다걷다 '도대체 끝이 어딜까!' 생각할쯤 저기 앞서가던 이름 모를
부부는 내려오던 한 쌍의 연인에게 묻는다.
"얼마나 더 가면 도착하나요?" 했더니 그 한 쌍의 연인이
"지금 오신만큼 더 가셔야 합니다."
헉헉.
"난 이제 못 가요⋯."
이름 모를 두 분 돌아 내려가고, 우리도 곧장 발길을 돌려 내려

오다 문득 드는 생각은 '혹시 거의 다 온건 아니겠지…!'

그렇게 힘겹게 내려가니 아들딸 더위에 기다리다 너무 늦은 우리보고

"두 분만 꼭대기까지 가면 어떡해요. 저도 가고 싶었는데요!" 하는 게 아닌가.

"아냐 못가요 엄마가 너무 힘들어서 늦은 거야."

그렇게 뒤로하고 들어선 봉평… 이런 느낌이구나… 편안하다…

아직 배우는 중입니다

• 힘이 나는 이유 •

올해는 나의 40대를 마무리하는 소중하고 의미 있는 해다!

또 하나의 젊은 십 년을 꽃피웠다.

30대와 40대는 나보다 아이들에게 집중했다. 이제 나로 살 남은 50년···. 그래. 나 백 년 살 욕심부린다···. 한 치 앞도 모르는 인생에 남은 수명쯤 내 맘대로 정해놓고 싶다.

엄마로 산 세월에 후회는 없지만, 나로 살지 못한 18년을 꾸역꾸역 남은 삶에 보태본다. 좋은 사람 만나고 의미 있는 삶을 살고 싶을 뿐이다. 사랑하는 내 자식들, 나만 보고 나만 따라다니고 미소 짓고 안아주고 뽀뽀해주던 어린 시절이 나에게 다한 효도임을 알아야 한다.

아들은 엄마바라기 미소만 보이고 엄마 바보였다. 무조건 "네~ 엄마."로만 답했던 순하고 순하던 아들.

신혼 때 동네 엄마들도 아들이 순했던 걸 기억하고 묻는다.

"종우는 어쩌면 그렇게 순했냐~ 참 순했어~"

어느 날 어린 아들과 산책하다 마주친 할머니가 하셨던 말이 기억난다.

"아들 참 잘 낳았구먼~"

하얗게 눈이 내려앉은 머리가 세월을 알려주던 할머니 중 가장 오랜 세월 사신 듯하신 분의 말씀이라 어찌나 뿌듯하던지…. 눈에 넣어도 안 아프단 말을 자식을 키워보니 알 것 같다.

딸아이는 어릴 적 유별나게 사랑표현을 해댔다. 머리부터 발끝까지 엄마인 나를 뽀뽀해댔다. 그런 아가가 이젠 중2병 사춘기를 앓고 있으니 사춘기가 무탈하게 지나가기를 바랄뿐이다. 지금 그때이야기를 하면 한소리를 한다

"그땐 내가 어렸으니깐!"

으이구 까칠해라~

아직 배우는 중입니다

⟡ 성장통은 성숙으로 가는 길 ⟡

아들이 데이트 신청을 했다.

아들의 성장통을 나눠줘서 고맙고, 이야기하느라 애썼다고 전하고 싶다.

내가 해줄 수 있는 것은 당부의 말뿐….

거리를 걷는데 아들이 엄마를 보호하려 한다.

쬐끄마한 엄마가 걱정이란다.

그래도 아직은 엄마가 널 보호할 거야.

엄마는 너를 믿고 사랑한다.

너희는 내 모든 것!

이제 엄마만 보고 살라고 하는 아들….

엄마가 좋아하는 연기만 하라는 아들….

엄마 사랑하는 거 할 거니까 걱정 말고 니 갈 길 찾아 가거라!

넌 아직 어리고 길은 넓고 많다.

힘들어 하지 마라! 원하는 것이 있다면 반드시 이룰 거야 넌 내 아들이니까!

걱정이 많네 아들~
힘내자!
사랑해!

아직 배우는 중입니다

◦ 행운은 행운을 가져다 준다 ◦

얼마 전 존경하는 분을 뵀다.

뵙기 전 많은 고민을 했다.

어떤 말씀을 드려야 할까? 무슨 선물이 좋을까?

나를 보시면 어떤 시선을 느끼실까?

내 부족함이 적나라하게 드러날까?

그런 분과는 어떤 대화가 좋을지 인터넷에, 유튜브에, 검색에 검색을 거듭할수록 가슴이 답답했다. 내 인생 전체를 통틀어서 그런 분은 처음이다. 면접 시험도 아닌데….

내 편에게 물었다.

"어떻게 하면 좋을까?"

내 편이 답했다.

"자연스럽게 대하는 것이 좋지 않을까."

그래, 맞아. 그거다. '자연스러움'

사인 받을 준비를 하고 선물은 손편지로, 커피를 사들고 약속 시간보다 훨씬 빠른 시간에 기다렸다. 그분을 만난다는 건 행운과도 같았기에…. 다시는 못 볼 수 있는 사람이기에….

나에게 만남의 기회가 온 게 시간이 한가해서나 또는 빈 시간이었다 해도 내게 변함없는 건 행운이다!

회사 대표님 앞에서도 말만 잘하던 나!

사장님 앞에서도 밝게 말만 잘하던 내가!

한마디로 넉살 좋던 내가 긴장하고 만나게 된 분은 내가 존경하고 그로인해 내 편까지 존경하게 된 분!

우리 부부에게 또 다른 가치관을 주신 분!

그날 이후 좋은 일들이 생기는 기분이다.

제가 잘되어야 할 텐데….

그래야 떳떳할 텐데….

성장하는 사람으로….

아직 배우는 중입니다

• 나의 시선으로 너는 읽힌다 •

열심히 안 사는 사람 어디 있을까….
사실 나도 열두 달 하루도 쉬지 않고야 살았겠나….
어떤 때는 나무늘보처럼….
나도 그렇게 만사가 귀찮을 때도 있었다.
그럴 땐 매번 내가 원하던 일이 아니었다는 사실….

인생이 뭘까?
지구 안에 우리는 똑같은 인간일 뿐인데.
자연은 우리에게 그 자체로 웅장하고 고귀함을 주다가도 고약
하리만큼 처절한 몰살도 퍼붓는데.

미치도록 그리운 그 무엇도, 미치도록 부끄러운 그 무엇도 사실
자연에게는 먼지만도 못한 것일텐데 인간이 느끼는 그것은 삶 중
에 얼마나 중요 하길래 우리는 서로의 좋은 것에만 겉웃음을 보이
는 걸까.

서로를 깊이 아는 시간보다 보이는 삶에 집중된 시대에 진실을 살피려는 사람이 굳이 필요한 시대일까? 모든 사람은 본인의 시선으로 세상을 본다.

나의 시선으로부터 너는 읽힌다. 모든 것이….

나에게로부터….

이 시대란?

보이는 게 사실일 수 있는 시대다.

긴 시간을 보여내기 때문에….

아직 배우는 중입니다

✴ 마흔아홉의 생일에 ✴

엄마를 위해, 아내가 무서워서 (열심히 살아온 나) 신나게 저녁 차리는 두 남자와 숙녀 보세요.

사실은 이른 저녁 딸아이가 온라인 수업으로 배고파하길래 제가 준비를 하던 중 큰아이가 들어오더니 자기가 하겠다고 엄마는 쉬라네요. 내 편은 옷도 안 갈아입고 합류! 딸도 합류!

눈물이 또⋯ 또⋯ 나려 하더라고요.

요즘 눈이 아픈지 자꾸만 눈물이 나려 하고⋯. 갱년기 그게 오려나?

그냥 누군가 따스한 한마디가 가슴을 적시고 바로 눈으로 토해 내는 것 같아요⋯.

결혼하고 정말 몇 번 친구 만난 것 빼고 가정에 충실했다면 했죠⋯.

정신없이 달려온 휴우중인가 봐요⋯.

꽃다발을 받아본 지도 오래되고⋯. 어느덧 이렇게 오늘이 왔네요.

웃음이 많던 나는 버럭 화내는 엄마가 되고⋯.

사랑 많은 나, 그리고 분에 넘치게 받았던 사랑이 결혼과 육아로
메말랐던 게 이제 터지는 것 같아요…. 아 몰라 몰라!

다음 생에는 우리 만나지 맙시다요. (합의 본 걸로!)

사실 남편과 아주 가끔 하는 대화 중 하나입니다. (웃어야 할까요)

그래도 우리 서로 열심히 살아왔네요. 그건 인정합니다.

아직 배우는 중입니다

⟡ 삶의 중간에 와 보니 ⟡

저물어 간다.

사십 대 끝자락에 서니 마음이 묘하다.

이유 없이 눈물이 나고 서글프고 지나온 길이 후회도 되고, 앞만 보고 온 것이 아쉬움이 가득하다. 가족을 위해 나를 잠시 뒤로 살아온 날들이 서글프다….

참 이상하다….

난 늘 그랬던 거다….

어린 시절부터 글을 쓸 때면 늘 외롭거나 고독했다…. 마음이….

그럴 때면 펜을 잡는 거다….

커피숍 구석에 자리를 잡곤 가방 속에 손을 집어넣어 노트를 꺼낼 때면 이미 고독은 사라질 준비를 한다…. 그 숱한 외로움과 고독이 마음 창고에 자리잡을 즈음 어김없이 노트에 이방인처럼 자리를 옮긴다.

첫아이를 임신했을 때 출산 전까지 하루도 거르지 않고 읽던 책과 글들….

태아였던 아이와의 숱한 이야기를….

둘째 아이를 임신하고 출산했을 때 죽음을 생각했고 죽음을 준비하리만큼 아팠던 나….

이후 두 아이를 키우는 오늘까지 부족했을 나라는 존재….

이제 불현듯 십 년 뒤를 떠오르게 하더라….

십 년 앞이 갑자기, 아주 불현듯 떠오른 적 없던 것 같은데….

계획하고 목표를 생각해 봤지만, 불현듯 육십을 생각한 것은 처음이다.

정신없이 이틀이 갔듯 그러겠지….

근데 신기하게도 이렇게 삶이 부질없는 것 같은데, 두 아이를 보면 힘이 난다. 엄마란 이름 앞에 경의를 표하지 않을 수 없다.

내 모든 것! 내 삶의 원동력! 그것은 내가 세상에 떳떳이 내놓은 자식이라는 이름….

너 아무래도 아직 오십 맞이 할 준비가 안 된 것 같은데….

내 허락 없이 오지 마라!

내 허락받고 와라 오십아!

아직 배우는 중입니다

◦ 특별했던 동생에게 미안한 막내누나 ◦

크리스마스!

남동생이 막내누나에게 맛있는 걸 사준단다.

아이들도 꼭 데리고 내려오란다.

아이들은 친구와 약속이 있단다.

남동생과 올케와 내 편과 나는 처음으로 이런 마음으로 마주한 것 같다….

어린 시절 남동생에게는 막내누나가 대장 같은 존재였던 적도 있으리만큼 소꿉친구였는데, 너무 아쉬움이 많은 세월을 보낸 후 보니 그간 못해온 소통창구가 막혀 좀 마음이 따끔했다.

시골집은 부모님과 위아래로 사는 남동생 부부가 있기에 더 든든하고 고맙다.

오늘은 이 막내누나에게 어느 날보다 더없이 따뜻한 크리스마스였다는 걸 남동생은 모를 거다.

동생이 준비한 음식과 이야기로 고마웠다…:

집에 오니 별다를 것 없는 평범한 일상이 계속된다.
사는 거다.

아직 배우는 중입니다

· 아들과의 대화 ·

아들은…
자식은… 어려워…

아들이 걱정되다가도 믿음직하고!
철부지 같다가도 든든해!

엄마에겐 영원한 짝사랑이야 헤헤.
내 생에 가장 잘한 일은 아이들을 낳은 것.
어떤 상황에서든 믿어! 응원해! 넌 뭐든 해낼 아들이니까!
높이 날아가 원하는 것을 향해!
만반의 준비를 해서 원하는 지점에 쏘아 올려!
혹시 비켜 가더라도 좌절하지 마라!
다시 쏘아 올리면 돼!
실패 없는 성공은 있을 수 없단다.

성숙해지는 과정은 고단하기도 외롭기도 지쳐 쓰러질 듯하기도, 다 떠나버리고 싶기도 하지! 그런 감정에 휘둘리면 안 된단다. 걷어낼 수 있어야 해!

어느 순간에라도 스스로를 지키는 일이야! 좋은 사람이 된다는 건 참 행복한 일이야.
좋은 사람이란 어떤 사람일까? 참 쉬운 말 같지?

아들이 이 글을 볼까? 너희들을 보기 싫다고 했지! 어색하다며…
우리 내년에는 더 성숙한 한해 보내자.
알았지?

아들 파이팅! 딸 파이팅!

내 사랑의 시작 또한 부모님이셨음을

운동화 세 켤레 손세탁하고 헉헉헉….

아구구 힘들어라….

아들 초등학교 다닐 때 아들 친구 엄마가 어느 날 나에게 묻는다.

"언니는 실내화를 뭐로 세탁하세요? ○○이가 신고 다니는 거 보면 새하얗더라고요~"

그땐 정말 새하얗게 세탁해서 가방에 넣어 보내곤 했다. 그 비법은 사실 내 어머님께서 직접 만들어 주시는 비누인데, 아주 독하다. 오늘도 운동화 세 켤레를 손세탁하는데 땀범벅이 됐다….

예전에 어느 날은 아들이 나에게 한소리를 한다.

늘 새하얗게 손세탁해주시던 엄마의 손길이 줄어드니 불편했나 보다.

"엄마 제 운동화 좀 세탁해 주세요!"

그때 아들 운동화를 보니 어머나 더러워라…. '미안해라.'

운동화 세 켤레를 손세탁하는데 2시간 정도 걸린다.

정말 힘들다. 근데 기분이 좋아진다! 손목이 좀…아프네!^^

이쁘게 신어요 아들,

이쁘게 신어요 따알,

이제 운동해야지!

모두 굿밤요.

아직 배우는 중입니다

· 여자는 늘 그럴 거야, 엄마여도 여자 ·

나는 마음이 그럴 때가 종종 있었다.

예를 들면 집콕하면서 늘어져 대충 있다가도 이쁘게 하고 싶을 때 말이다.

오늘도 얼마 전 "더 예쁘게 해야지" 하고는 씻고 머리하고 똑같은 원피스를 입고 나오는 나를 보고 내 편이 한마디 한다. "단벌 신사예요?" 헐….

죽어도 낮은 신발은 안된다던 나!

작은 키지만 굉장히 센스쟁이였던 나!

키 큰 모델만이 어울릴 법한 스타일을 모두 소화시키는 몸매 소유자 나!

그런 내가 아이를 낳고 변한다.

첫째 낳고는 되려 이뻤다. 주변에서 "광고모델 지원해봐라"라는 말을 많이 들었다.

둘째 낳으면서 몸도 마음도 변했다 아…. 뭐…. 요즘은 운동도

안하니까.

그래도 부모님께 감사하자! 건강하게 낳아주셨으니까, 이쁘게 낳아주셨으니까, 감사드리고 저 키우시느라 애 많이 쓰셨습니다!

◦ 삶이 위태롭다고 느낀 때 ◦

삶이 그대를 속일지라도 슬퍼하거나 노여워 말라!

오십은 나에게 두려움을 안겨줬다!

마흔에는 인생을 바꾸고 싶었다!

오십은 달랐다 두려웠다!

그래서 세상에 노여워했다! 나에게 노여워했다!

내가 살아온 삶이 결국 나를 속인 삶 같아서 화가 나기도 했다. 정도를 지킨다는 것이 네 삶의 기준이었는데 그것도 결국 나를 가둬둔 일상들이었음을 오십에 깨달았다.

다른 삶에 목이 말랐다!

내 삶이 위태롭다고 느꼈다!

위로받고 싶고 투정도 부리고 싶으며 떠나고 싶은 마음이 간절했다!

내 인생에 안식년을 갖고 싶었다!

지금도 나는 홀연히 떠나서 마음을 바다에, 하늘에, 바람에 전해주고 싶음이 간절하다….

내가 누군지 정체성을 확인하고 싶다….

잘 살아온 건지 과거를 회상하며, 잘살고 있는지 현재를 들여다
보며, 잘살 수 있는지 나를 재점검하는 시간을 갖고싶다….

그 시간은 곧 나를 정화시켜 줄 것을 잘 안다….

지친 나를 일으키고 싶을 뿐이다….

그렇게 나이 드는 건가 보다….

나이 듦이 쉬운 게 아니구나….

아직 배우는 중입니다

• 엄마로 사는 여자의 마음 •

아들이 부산 여행을 다녀오는 중에 가족톡으로 보내준 사진이 기특하게 보여서 올려본다.

그래 맞아. 내 인생에 가장 중요한 건 자식 농사 잘 짓는 거지. 내 인생에 가장 의미있고 행복 가득 느낄 때가 아이들이 방실방실 웃을 때지.

엄마가 많이 사랑해 너희들이 자랑스럽다.

어디서든 최선을 다하고,

원하는 것이 있다면 이루면서 살거라!

인생이란 하고 싶은 것 하고 보고 싶은 것 보며 행복을 느끼는 것이란다….

그렇게 살려고 배우고 익히는 거지. 아는 만큼 볼 수 있으니 아는 게 힘일 수밖에….

너희들 살아가면서 진정으로 필요한 것과 과감히 버려야 할 것을 알게될 거야….

너희의 꿈을 꺾는 사람을 멀리하거라!

부정적인 사고를 갖고 사는 사람을 멀리하거라!

말을 옮기는 사람을 멀리하거라!

남 흉보는 사람을 멀리하거라!

잘 될 때 끌어내리려는 사람을 멀리하거라!

너의 마음을 조정하려는 사람을 멀리하거라!

아는 척하는 사람을 멀리하거라!

어려운 사람이 보이거든 도우며 살거라!

도움을 받았거든 어떤 방식으로든 갚거라!

긍정적 사고를 갖고 살거라!

실패해도 좌절하지 마라, 다시 일어서거라!

자기 자랑을 삼가거라!

남 흉을 보지 말거라!

알아도 모른척하며 지내거라!

나누고 배려하면서 살거라!

사랑하며 살아라!

이 모든 것을 베풀며 살기 위해 많이 배워야 할 것이다.

배움이 부족하면 나누기 힘들단다.

배움이 부족하면 자신을 돌아보지 못하고 남탓만 하니 삶이 고

　　　　　　　　　　　아직 배우는 중입니다

달프리라. 끝없이 배우거라!

배움이란 끝이 없단다!

아들! 딸!

사랑한다!

· 아들이 준 결혼기념일 선물에 운 엄마 1 ·

아들이 결혼기념일 선물을 준비했나보다.

매년 두 아이들이 결혼기념일과 생일을 신경 써줘서 기특하기도 하고 대견해서 기뻤고 고마웠다.

이번에는 큰아이가 준비를 했다.

벅차고 눈물이 났다….

이쁘게 입고 가라는 아들의 메시지가 어찌나 기특한지….

내 생에 가장 잘한 일은 자식을 낳은 일로, 삶에 많은 것을 깨달았건만….

이런 효도까지 해주니 고맙다는 말로 부족하다….

아이들에게 "선물은 항상 본인 형편에 맞게 마음을 담아서"라며 일러주곤 했다.

근데 아들이 주는 선물은 좀 크게 느껴지는 건 아마도 내 자식이 주는 선물이라서 일까….

요즘 엄마가 힘들어하는 것을 알아챘을까….

아이들에게 받는 사랑은 소리도 없고 형상도 없으나 늘 벅차다

　　　　　　　　　　　　아직 배우는 중입니다

감사하고 감사할 따름이다….

아들이 준 결혼기념일 선물에 운 엄마 2

예약 시간 전 아이들 아빠에게 옷을 갈아입는다….

아들의 선물 장소로 가려니 좀 신경 쓰는 눈치다….

우리에게 단둘이 좋은 음식점서 데이트해 본 기억이 희미하다. 갈아입는 모습이 애잔하다….

아들이 나에게만 이쁘게 하고 가라고 한 줄 알았는데, 아빠에게도 전한 것 같다….

예약 장소는 집에서 한 블록 뒤 단독건물로 된 이쁜 코스요리집이다.

저녁 바람이 차다.

안으로 들어가니 단 한자리 예약석이 보인다.

들어서기 전부터 여러 생각이 든다! '얼마일까? 비쌀텐데…?' '다시 돌려줘야지…' 하며…. 마음이 편치 않다….

코스 시작한다.

아직 배우는 중입니다

직원이 하나하나 설명한다. 나는 그 직원도 자식 같다! 직원의 눈을 바라보며 빙긋 웃으며 설명을 듣는다…. 그 직원이 일에 더욱 힘이 붙기를 바라는 마음에서다…. 아들도 그렇게 아르바이트를 했을터…. 내가 어찌 맘 편히 배를 채우겠나….

위스키 한 잔 들이키니 씁쓸하다…. '어미로 최선을 다했나?'

식사가 끝나고 아이들 아빠가 일어선다….

나는 카운터로 향한다…. "얼마에요? 아들이 준비한 건데 궁금해서요…." 직원분이 금액을 알려준다 눈물이 맺힌다. 밖에서 있는 아이들 아빠에게 눈물 섞인 말이 나온다. "너무 비싸…. 아들이 준비하기에는 너무 비싼 것 같아…. 되돌려줄 거야…."

아이들 아빠가 말한다. "준비한 성의가 있으니 아무 말도 맙시다" 생각해 보니 당분간은 아무 말도 않는 게 낫겠다….

아들에게

존재로 감사하다!

너의 마음 구석구석 어느 것 하나 버릴 것이 없구나!

인생을 선물한 아들….

너의 모든 날 모든 순간이 빛으로 가득하기를 어미로서 간절히 희망해 본다….

• 아들이 준 결혼기념일 선물에 운 엄마 3 •

그동안 말 없던 우리 둘은 대화를 한다….

도중에 아이들 아빠가 어떤 부부의 이야기라며 말을 꺼낸다….

"어느 부부가 사랑해서 결혼을 했대…. 근데 어느 날 남편 하는 일이 잘되다 안되다를 반복하다가 결국엔 남편하는 일이 어려워져 서로 너무 힘든 시기를 보내게 됐대….

어느 날 아내가 '우리 너무 힘드니 이혼합시다. 더는 힘들어서 못 살겠으니 이혼해요!' 라며 평소와 다르게 너무나 단호하게 헤어지자고 하더래…. 남편은 본인 처지가 그러니 하자는 대로 이혼하고 독한 마음을 먹고 중국에 가서 독하게 일해서 5년 만에 성공해서 한국에 들어왔대…. 이혼 당시 아내가 변심했었지 남편은 아직도 아내를 잊지 못한거지…. 가장 좋은 차를 타고 아내 친정으로 내려서 아내를 찾았는데…. 그런데…. 아내가 5년 전 암으로 세상을 떠났대…. 5년 전 어려워진 형편에 암까지 걸려서 치료비 부담까지 남편에게 줄 수 없었던 아내는 이혼을 강행했던 거였대….

아직 배우는 중입니다

친정에서 아내가 죽기 전까지 굉장히 아파했다는 말을 듣고 남편
이 괴로워했대…."

나는 이 이야기를 하는 남편의 눈에 눈물이 글썽이는 것을 보
았다….

내가 물어본다. "내가 암이라 이혼하자는 줄 알았어? 난 암 아니
거든!"

식사 중간중간 내 이야기를 들으면서도 눈에 맺히는 눈물이 나
에게 고맙고 미안하고 애썼다는 대답을 하는 듯 했다….

우리 둘 사느라 애썼고 서로 잘 살아왔어요….

앞으로 서로 어떤 날을 만날지는 모르지만, 사는 동안 잘 살아봅
시다….

한쪽만 잘하는 관계란 존재할 수 없지요….

• 여자로, 배우로, 인간으로, 홀로의 첫 여행 1 •

새벽 2시 기상!

2박3일 짧은 (혼자라 적당하기도 함) 일정으로 출발을 무리했다. 제주 도착은 7시 50분 쯤.

혼자라 보안 좋은 호텔로 숙소 선택!

전날 짐을 싸는데 책만 5권 집으니 남편 왈 "책이 무게 다 나가겠네. 멋부리나?"

"나 원래 책 좋아하거든? 이렇게 가져가야 마음이 편하거든?"

결혼 전 언젠가부터 글 쓰고 책 읽는 것이 허기진 마음을 채워줬다. 머리에 든 것이 없어 채워도 채워도 허기진 나…. 결국 2019년도 구입한 신달자 선생님의 에세이와 해빙, 독백책을 들고 숙소로 들어와 내 침대 옆자리를 내주니 마음이 든든하다. 집에서, 커피숍에서, 차 안에서…. 그 어디라도 내 친구인 책….

친구라 잊고 지낼 때도 있지만 힘들 땐 문득 생각나는 내 친구 책!

제주 이곳은 관광온 게, 놀러온 게 아니라….

아직 배우는 중입니다

쉬러 온 이곳에서 유일한 일정은 식사 장소가 될 것 같다!

내일은 아점할 곳을 찾아가고, 드라이브 가볼까?

• 여자로, 배우로, 인간으로, 홀로의 첫 여행 2 •

제주 여행….

이른 아침 비행기를 탔다. 이유도 없이 가슴이 울컥거렸다….

비행기가 이륙하는데 눈물이 나오더니 멈추질 않자, 옷소매 끝으로 눈물을 훔치다 넘쳐 흘러 승무원에게 티슈를 주문하고도 계속 흐르는 눈물….

이유가 뭘까? 순간 당황스럽고 내 기분을 알 수 없어 생각을 해보기까지 했다….

왜 가장 편한 순간 가슴이 울컥한 걸까?

태어나 혼자 비행기를 처음 탔다.

혼자라 좋았는데…. 혼자라….

유학도 가고 싶고 혼자 배낭 여행도 가고 싶었다

하고 싶은 게 너무나 많았다

시골서 본 것 없이 자랐지만 유난히 하고 싶은 것도 잘하는 것도 많았던 나….

어느 날인가 막내동생이 말했다.

"언니는 재주가 많았어."

막내동생은 재주 많던 나를 부러워했던 때도 있었다고 했다. 그런 동생 또한 잘하는 게 많겠지….

자….

제주야 함께하자.

내 인생 첫 홀로여행아.

• 여자로, 배우로, 인간으로 홀로의 첫 여행 3 •

나에게로 초대….

스스로에게 준 쉼이라는 시공간!

짧았다…. 맞아…. 확실해 이틀은 짧아….

혼자라는 두려움 앞에 떠난다는 낯설음….

그 낯섦은 때론 유혹 같은 것….

혼자라서 좋았다!

이 밤이 지나면 난 다시 3일 전에 그녀가 된다!

함께했던 모든 것들과 마주칠 것이 분명한데 벌써 외롭다….

혼자라는 두려움과 함께라는 외로움 앞에 난 내 삶을 저울질 해 본다…. 무엇이 이토록 나를 짓누르는가…. 삶이라는 무게…. 난 가진 것도 없음에 무게를 견디기 힘들다….

오늘 예전에 숱한 날들처럼 글이 머리 위로 떠다녔다…. 운전하는 내내 글을 쓰고 싶었다….

멈추면 그것들도 사라질 것들…. 나를 만난 거다….

이제야 그때의 나를 찾을 것 같은데 내일 가는구나….

아직 배우는 중입니다

한산한 곳이 그리워 그렇게 다녀봤다.

맘 같아선 호텔서 내내 쉬고 싶었지만, 이놈의 조명이 무드를 깔아놔서 침침해진 눈으로 책 읽기도 힘들다. 백열등이 그립다….

너무 피곤하다. 자자….

자자….

• 여자로, 배우로, 인간으로 홀로의 첫 여행 4 •

작년 방은진 감독님께서 공연으로 제주도 묵으신 게 생각났다!
영화제로 평창 가신 감독님께 이 무슨 짓인지.

근데 친절히도 알려주신다….
난 고마움 마음 앞에 미안한 마음이 가득하다….
방은진 감독님께서 말씀해 주신 그곳은 짧은 시간 온전히 나를
내려놓을 수 있게 해줬다.
나지막히 깔린 음악과 널찍한 대리석 테이블 그리고 새별오름
이 내다보이는 통창 앞에 신달자 선생님 책을 펼친 나는 2019년도
의 나를 마주한다! 아니 과거의 모든 순간 나를 마주하려 애써본
다. 2011년 출간된 책은 여자의 마음을 그대로 변함없이 연결하고
있다. 대변하는 듯하다 우리의 삶은 그다지 다를 게 없다는 것을
깨닫게 해주는 것이다….

저녁 하늘이 샛별과 같이 외롭게 서 있다 하여 붙여진 이름이라

는 새별 오름답게 당당히 서 있다. 외로이 나처럼…. 신달자 선생님의 말씀처럼 외로움과 친해져 보자….

바람이 차 다 돌지는 못하고 식사하러 식당을 찾았다. 들어서니 사방팔방 유명 인사들의 사인이 눈에 든다. 바닥 빼고 천장까지 온통 맛있다는 사인이다.

혼자 갈치조림 2인분을 뚝딱 먹어치운다….

감독님.

저 외로움과 싸우다 가요. 친해졌어요.

덕분에 새빌서 외로움도 친구라고 오십 년 만에 좀 인정했어요.

• 여자로, 배우로, 인간으로 홀로의 첫 여행 5 •

일상으로의 복귀.

항공을 날고 있는 비행기 아래로 구름이 가득하다.
마치 꽁꽁 얼어버린 바다 같다. 뚫을래야 뚫을 수 없는….
그러나 뚫고 들어가야 하는 일상으로의 복귀.

엄마라는 가장 우선을 둔 이름으로….
오늘은 딸아이의 생일이다.
몇 해 전 일본 간 어느 날도 하필 딸아이의 생일이었는데….
아침 미역국을 끓여주지 못하니 미안한 마음이 든다….

공항에서 초콜릿만 달랑 사 들고 앉았다.
공항버스 시간이 두 시간 남아 커피숍서 차 한잔 마신다.
비행기 안에서 쓰는 글맛만 못하다….

아직 배우는 중입니다

• 한낱 인간임을 •

살면서 마주하는 수많은 사람과 상황들….
여자로 태어난 것에 크게 실망한 적 없었다….

훗날 여자로 다시 태어나고 싶었으리만큼 나에게 애정 가득했던 열아홉 살부터 서른한 살까지.
또한 여자로 태어난 것을 탓하던 서른네 살부터 서른아홉 즈음까지.
결국은 지금처럼만 아니면 다시 여자의 삶을 맘껏 누리겠노라 우겼던 마흔 살부터 지금까지.

그렇다….
일생 동안 일분일초를 깨알같이 쪼개어 미련 없이 지낼 수 있는 삶이 가능할까….
어쩌면 하늘의 떠다니는 구름처럼…. 하얗게…. 회색빛으로…. 비도 퍼붓고 흩어지다가, 사라지다가, 두둥실 편히 떠다니며 쉬다가, 옆에 선 구름 친구에게 들러붙다가…. 때론 무지개를 부러워하다가, 높이 있음을 자만하다가…. 한낱 구름임에 허망해 하다가, 햇빛을 질투해 덮어버리는 속 좁은 본인을 부끄러워 하다가…. 그림자로 타버릴 것 같은 땅 위의 모든 것에게 인심 후하게 쓸 줄 아는 마음 후덕한 모습을 보이다가…. 결국은 한낱 구름일 뿐임을 깨닫는 순간을 맞이하는 것과 같이….

대단할 것 없다….
실망 또한 크게 할 것이 없지 않겠나….
그저 사람일 뿐 아닌가….

　　　　　　　　　　　　　　아직 배우는 중입니다

◦ 마음대로 되지 않아도 ◦

요즘 몸이 많이 피로하고 머리가 지끈거리고 쓰러질 듯 어지럽기도 하길래 병원을 다녔다.

앞서 글에 여러 번 언급해왔듯 연기에 올인하고 싶었기에 일도 중지했었다. (사실 코로나로 하던 일도 타격을 받기도 했었고, 그 덕에 쉴 수 있었다)

오늘도 많이 아파서 병원에 가서 진료를 받고 약을 처방받아왔다. 2년 정도 쉬다가 다시 일을 하기 시작하니 몸이 안 따라준다⋯.

난 연기만 해야 하나보다⋯.

오늘은 아들이 신경 쓰게 하니 마음도 안좋은 하루였다.

자식은 부모 맘대로 되지 않는다고들 하지 않던가?

아들이 음악을 하게 되면서 많은 고민을 하는 듯한데, 곡을 써야 한다는 마음이 앞서는 건지 고민이 많아 보인다. 꼭 나의 어떤 면을 보는 듯하다⋯.

몸이 지칠 대로 지쳤다⋯.

사실 나는 세 끼를 다 못 먹는 체질이다. 두 끼면 충분하고 집에 쉬는 날은 한 끼면 충분한 소화 기능을 갖고 있다. 거기에 음식 먹는 것에는 영 흥미가 없다. 가끔 한 달 일주일간은 엄청 먹는다….

어느 날 결혼 전 건강 체크 차원으로 병원에 간 적 있다.

의사 선생님께서 사람이 하루 세 끼를 먹는 이유는 소화 시간이 4,5시간 정도 소요되기 때문이라 하셨던 것으로 기억된다 그런데 나의 소화 시간은 7,8시간 정도 걸린다는 것이다….

그런 내가 어느 날 명절 전날 시댁서 시어머니께서 계속 먹여주셨던 전과 음식들을 다 받아먹고 친정으로 넘어가자마자 응급실로 직행해 링겔을 맞은 적이 있는데 친정어머니 하시는 말씀이 "어려서부터 많이 못 먹던 애가 미련하게 다 받아먹어 탈이 났구나.~" 하신다. 그때서야 아이들 아빠도 깜짝 놀라는 눈치였다….

이제 건강에 더욱 신경 써야겠다….

아이들 아빠가 일찍잔다….

나는 이제 자야겠다….

아직 배우는 중입니다

· 인간, 인연 ·

눈을 감고 마음으로 들여다보니, 어리석음도 순수함이었더라….
누군가를 알게 되는 일이 참으로 신비롭다고 느낀다….
전혀 모르는 존재가 눈에 들고 눈에서 신비롭다고 느낀다….

인간에게 인연이란 일생 동안 큰 축복이 분명한데도 우리는 서로를 알게 된 그 신비로운 순간마저 퇴색되어 존재를 받아들이기 이전 순수의 바다 저편으로 던져 파도에 부딪히게 한 후 존재를 파탄 낸 후 가져갈 조각만 손에 쥔다. 그리도 어리석다.

순수…. 그렇다…. 나마저 나 스스로가 떳떳하지 못하다 느끼는 순간이 많은데…. 그 떳떳함과 그렇지 못하다 느끼는 구간이 타인에게도 과연 그리 보일까를 생각하면 글쎄…. 반대로 내가 타인을 그리 분석하는 것일까….

내가 사는 지금 여기 이곳 이 순간….

내가 알고 알게 될 그 따스한 사람들….

더욱 알 것 같다….
누구도 대단할 것 없으며, 누구나 대단하다는 것을….

아직 배우는 중입니다

• 나로 살기 위한 용기를 얻는 중에 •

출근길 유난히 차가 많다 '왜 그럴까?' 생각해 봤다.

다른 날보다 이른 시간 나온 탓일까? 아님 명절 탓일까?

아마 이른 출근길 때문일 거다!

소소한 것에서 행복을 느끼던 나는 소소한 것들에 행복을 등지고 있고, 바라던 것을 등지고 소소한 일상 속 귀한 자녀들에게 내 모든 것을 준 듯한데 아이들은 여전히 목말라한다. 산다는 것은 그토록 내 맘과 다를 때가 많다.

누군가 나에게 언제가 가장 행복하냐고 묻는다면, 나는 너무나 당연히 자식이 웃는 모습을 볼 때라 선뜻 답할 만큼 내 전부라 알고 살아왔고, 살고 있다.

내 자식은 내가 세상에 내놓은 가장 귀한 존재로 내 삶이 송두리째 흔들린다 해도 자식의 존재만으로 우뚝 설 수 있다. 이것이 어미의 마음이다!

내가 힘든 것이 자식 힘든 것 보는 것보다 못하며, 내가 슬픈 것이 자식 슬픈 것보다 못하다. 이런 말 조자 모순 같다…

내가 잘 살아야 하는 이유 중 하나는 자식이다!

나로 인해 자식은 많은 방향성을 잡을 수 있고 잃을 수도 있기 때문이다.
어미란, 맘 내키는 대로 갈 수 없는 절재의 존재라 생각된다!

어미가 된 날, 그때는 몰랐다…:
이렇게 힘들 수 있다는 것을…:
그러니 내 부모님을 어찌 존경하지 않을 수 있냐 말이다…:

인간의 삶,
그 무지함을 용서하라…:
아는 것이 없으니 실수투성이고, 무지를 내세워 용기도 내본다…:
행복은 내 손과 내 마음 안에 존재하지만, 끄집어 내고 손에 잡으려는 것조차 인내가 필요한 것은 어찌보면 무지함에 오는 안타까움 일 것이다…:

잘 사는 것! 잘 살고 싶은 것에 많은 걱정이 있다…:
그것은 가진 것과 무관한 마음에 달려있다…:

나로 산다는 것!

아직 배우는 중입니다

그것만이 내 세상 아닐까….

나로 살기 위한 용기를 얻는 중에….

· 글과 마음, 아련함 ·

글을 쓸 때 늘 마음이 가라앉아 있을 때가 많다. 당연하다….

누군가에게 고스란히 내 깊은 감정을 전달한다는 건 쉽지 않은 일 중 하나다….

그러니 글로 마음을 내뱉을 때가 나를 숨쉬게 한다….

그래…. 사람들이 책을 찾을 때는 감정이 차분할 때나 무언가를 갈구할 때가 많다….

손에 펜을 쥔다는 것, 그 찬란한 순간이 어쩜 마음속 센치함을 그대로 표현하려는 의도가 숨은 듯하다. 가슴속에 박혀 찌르는 고통. 그것을 결국은 외면으로 노출시키는 작업이 글쓰기다…나는 그렇다….

오늘 늦잠 자고 늦장을 부린다….

이런 하루는 "엄마 밥 줘!"라고 마치 울 엄마가 부엌서 늦잠 잔 딸에게 투덜거리시던 그 시절이 그리워진다….

오늘도 해피하게!

모든 분들도 그런 하루로!

소원을 빌다, 어릴 때처럼

보름달 찾기!

어젯밤 달을 찾아 나섰다.

꼭 빌고 싶은 소원이 있었다.

건물들 사이 아무리 찾아봐도 달은 보이지 않고…. 망연자실한 마음으로 발길을 돌렸다. 근데 웬일인가! 아파트 뒷길 계단을 오르니 둥근달이 나를 기다리고 있는 게 아닌가! 이쁜 달이! 어쩜 그리도 나를 반기며 떡하니 떠 있던지…. 달도 분명 나를 기다린 눈치다!

보자마자 두 손 모아 소원을 빌었다.

늘 그랬듯이 내 소원 들어줄 달을 알기에 싱긋 웃으면서 여러 개의 소원을 말하고 꼭 들어 달라고 다시 약속을 받아냈다. 달은 그런 존재니까.

아빠가 말씀해 주셨었다…. 소원을 빌면 언제고 꼭 소원을 이루어준다고. 맞아! 그랬지…. 꼬맹이 소원을 지금까지 들어주고 있지. 어제 너에게 말한 내 소원도 내 생전까지는 들어줄 거지?
고마!

소원을 말했으니 더 노력하며 살기!

• 나 이제 완연한 오십이야 •

울 아빠 어느 날 카페 맞은편 앉은 넷째딸 나를 향해 하시는 말씀.

"옛날이면 할머니 소리들을 나이일 텐데…. 우리 딸이 올해 몇 살이지?" 하시며 변한 세상에 다시 한번 놀라신다!

그렇다 아빠의 마흔은 우리의 칠십 즈음일 것이다….

이제 많은 게 변했고 우리는 인정 할 수밖에 없는 현실이 됐다.

아빠는 내가 얼마나 아빠에게 잘 보이고 싶어 했던 욕심쟁이 딸이었는지 기억하실까…. 아빠가 칭찬해 주시는 것이 좋아 뭐든 잘하려 했던 넷째 딸을 기억하실까….

어릴 때뿐 아니라 숙녀가 되어서도 구석구석 청소며, 아빠께 차려드리는 접시며 이쁘게 깨끗하게 해내 칭찬을 받아내곤 했던 철부지 나.

난 아빠 생전에 꼭 해드리고 싶은 게 있다.

아빠랑 엄마랑 두 손 꼬옥 잡으시고 내가 출연한 영화를 보러오실 수 있다면 그것이 내 마지막 소원이다….

　　　　　　　　　　　　　　　　아직 배우는 중입니다

어떡하면 좋을까….

길이 안 보이고 답도 없다….

· 마음을 나누는 일 ·

내 마음속 이야기들을 꺼내어 나누는 일은 참으로 어려운 일이다.

십 년이 지난 후에야 꺼낼 수 있는 이야기가 있고, 당장 꺼내도 될 이야기가 있듯이 우리네 인생에는 숱한 자기만의 이야기가 있을 것이다. 남의 이야기에 관심 없는 세상에 도래했다지만, 여전히 호기심 자극할 이야기에 사람들은 고개를 돌린다. 우리는 먹잇감에 심한 자극도 느끼고 나와 다른 세상 사람들에게 호기심을 갖는다. 나 또한 그런 부분이 분명 있을 것이다. 어찌 보면 당연한 반응이다.

잘 살고 싶은 욕망…. 도를 넘지 않은 욕심…. 선을 지킬 수 있는 호기심…. 인간에게 신이 선물한 지켜야 하는 것들에서 느끼는 자존심까지….

나로 사는 일이 사람에게 생각보다 힘든 일일 것이다.

나를 생각하는 그녀와 대화에 진한 감동이 밀려온다….

그녀는 내게 어찌 보면 참 든든한 존재로 변해있는 것 같다….

그녀 마음은 모르지만 말이다. 그녀에게 어떤 이야기를 건네도 그녀는 나를 탓하거나 미워하지 않을, 그러니까 오롯이 내 편이 되어 줄 것 같은 내 사람이 된 기분이다.

늙어도 내 곁에, 그러니까 내 마음속에 자리 잡을 그녀에게 고마운 마음을 전한다.

⚬ 첫눈과 추억 속의 그녀 ⚬

내 허락 없이 내린 거야? 첫눈!

어떻게 된 상황이야… 첫눈인 것 같아….

운전하는데 도로에 눈이 살짝 덮힌거야….

둥글둥글하게 포근하고 이쁘게 하늘에서 나를 향해 미소 짓듯 내리는 첫눈을 상상한다.

늘 똑같은 일곱 살 개구쟁이 마음이 절로 솟구친다….

첫눈은 중년인 나마저 뛰게 하는 첫사랑 같은 것!

첫눈 오면 하고 싶은 게 뭘까?

첫눈 오면 숙녀였던 수십 년 전 생각이 난다. 두툼하고 센치한 롱코트를 걸치고 버스 정거정에서 가로등 아래로 포근하게 내리던 함박눈을 그대로 만나던 내 모습은 어느 영화 속 여주인공처럼 아름다웠다. 그날의 나는 잊혀지지 않는다. 그런 분위기의 첫눈…. 다시 만날 수 있는 걸까….

이제 변해버린 내 모습…. 이쁘다는 말이 너무나 당연하던 시절

아직 배우는 중입니다

이 언제였나…. 요즘은 이쁘단 말이면 바보마냥 좋다. 그냥 좋은 거다….

호프집이란 곳엘 가면 강냉이를 주던 90년대 시절 친구들은 맥주를 마시다 강냉이가 떨어지면 나를 시켰다. 내가 달라고 해야 스텐양동이로 가져다주던 아르바이트생들…. 아르바이트하던 남학생이 강냉이를 커다란 들통, 그러니까 스텐양동이에 주며 수줍은 듯 미소 지으며 다 드시라며 가면 친구들은 "우후!" 하고 환호성을 지르곤 했다. 그땐 버스만 타도 모든 사람들이 동시 쳐다보곤 했다. 정말이지 익숙했고 철부지라 간혹 짜증 비슷한 감정이 올라올 때도 있었다.

젊다는 무기를 젊은 날에 몰랐고 귀인들을 몰라봤다.

얼마 전 만난 친구들도 나에 대해 기억하는지 "정원이 복이 많았지 근데 복을 차고 다녔지." "요즘도 복 차고 다니는 거 아니지?" 라고 하는 게 아닌가

그래 맞아! 난 참 복이 많은 편이었다! 주변서 부러움을 많이 샀다. 요즘은 그것이 부모님 덕분인 것 같아서 늘 감사하게 생각한다.

살아오면서 많은 사랑을 받았다. 그것이 어떤 방식이었든 내겐 큰 행운이다. 지금도 많은 관심과 사랑을 받지만, 두려움에 걱정이 앞선다.

이유는 내가 부족하다고 느끼기 때문인데 아마도 자존심이 많이 떨어진 상태인 것 같다.

· 꿈 이뤄 낼 엄마와 아들 ·

큰아들을 낳기 전 태아와 대화를 많이 했었다.

하루도 거르지 않고 읽어줬던 책과 이야기, 그리고 패션 잡지책들과 패션쇼들….

만 4살까지 한시도 내 곁을 떠난 적 없던 귀한 아들.

고등학교 3학년 어느 날 갑자기 노래를 한다는 선포를 했다.

하긴 시골서 시내의 중학교로 입학하고 선생님 눈에 들어 내내 친구들 앞에서 불러야 했던 노래를 생각하면 아들을 좀 이해할 수 있게 된다.

하고자 했던 일을 한 번도 거절한 적 없는 우리!

놀랐지만 이번에도 아이에게 맡겼고 응원해 줬다.

아들이 작사한 노래를 듣던 날 주르륵 흘렸던 눈물. 겉은 화사하지만 보기와 많이 다를 나의 모습을 가까운 사람들은 알 것이다. 아들의 가사에 엄마의 고생이 그대로 담겨있다 아이의 시선으로….

-중략-

아이가 대학 합격 소식을 전해주니 감사하다.

공부와는 담을 쌓은지 오래된 아들이지만, 본인이 하고 싶은 것이 확실하고 정한 후 노력하는 모습에 대견하니 분명 못가도 중간은 갈 것 같다.

아들아!
사람이 하는 일에 안 되는 일이란 없단다.
엄마가 말해 왔었지? 생각하기 나름이라고!
젊음을 무기로 도전하라고!
너와 다른 이들도 결국은 똑같은 사람이다!
그러니 주눅들 것 없다!
너는 특별한 단 한 사람이니까!
사랑한다!
고맙고!
대견하고!
다만, 불필요한 유혹을 조심하거라!

· 가을 하늘이 낯설다 ·

가을은 어김없이 찾아오고….

나는 지난 십 년 넘게 이토록 이쁜 하늘을 본 적이 없구나….

얼마 전 언니에게 전화로 물었다

"언니~ 하늘이 왜 이렇게 이쁠까? 구름도 너무 이쁘고! 코로나로 외출이 적어져서 그런 건가?"

언니 말하길 "가을이니까~"

셋째 언니는 내가 볼 때 성격도 좋고 사람들과 거의 매일 만나 시간을 보내면서 이 가을을 살펴볼 시간이 많았을 거다. 매주 여행을 떠나는 셋째 언니네와는 너무 다르게 살고 있던 나….

형제가 많다 보니 생활이 다 다르다. 나는 바쁘게 사는 자매 중한 명이다 보니 하늘과 구름조차 가슴 열고 숨 한번 편히 쉬고 고개 들어 본 적이 없었다. 이제 나도 가끔은 하늘과 구름을 보고 미소 지을 수 있으니 얼마나 감사한가. 나랑 사는 이 남자. 자주 밉기

아직 배우는 중입니다

도 하지만 사람 좋으니, 존경스러운 면 있는 사람이니… 날 좀 고생시켜도 그냥저냥 오늘까지 살고 있구나! 장하다 정원이! 댓가가 아니더라도 분명히 좋은 결과로 돌아올 거라 믿고 싶다.

　사랑하는 우리 가족 최고!

드디어 졸업! 엄마도 졸업하고 배우만 하고 싶다!

2022년 1월 4일 큰아이 고등학교 졸업!
2022년 1월 5일 둘째 아이 중학교 졸업!

엄마로서 아이를 기른다는 일은 축복이요 감사함이다.
자식이 어릴 때는 내 품에 있으니 그것이 기쁨이고 행복이었다.

어제는 큰아들과 학교서 준비해 놓은 포토존서 사진을 찍고 왔다. 학교서 마주친 아들이 너무 이뻐서 뽀뽀를 해주고 싶었으나 아들한테 혼쭐날까봐 말도 못 꺼냈다 헤헤.
둘째 아이가 졸업사진을 안 찍어줄 것 같아 미리 약속을 받아내려 말을 꺼냈더니 역시 사진 찍을 마음이 없는 딸! 너무 놀라고 속상했다. 이대로 질 순 없었다.
"사진 찍어주라!"
"싫어! 사진 찍는 거 부끄러워."

아직 배우는 중입니다

완강하게 거절하는 딸아이에게 용돈을 주겠다고 꼬시고, 용돈을 끊겠다고 협박했다. 결국 용돈 주는 걸로 허락을 받아냈다.

더 기가 찬 건

"엄마 오빠 졸업식 때 뭐 입었어?"

"어 가족톡에 사진 올렸잖아 거기봐봐" 딸아이 하는 말 "아! 그럼 오빠 졸업식때 입은 옷 그대로 입고와~"

헐….

드디어 오늘 같은 옷 같은 꽃다발 들고 출발!

자식이 주는 기쁨은 세상 그 무엇과 비교 불가!

나의 아픔과 고뇌와 두려움마저 싹 날려버릴 힘을 주는 자식이라는 존재!

앞으로 너희들 행복이 어떤 것을 의미하는지 알고 밝고 긍정적으로 살기를 바라!

어둠 뒤에 밝음이!

절망 뒤에 희망이!

실패 뒤에 성공이!

인간의 삶 백 년 중 희노애락이 있기에 인생 맛이 나는 거야.

하지만 긍정은 길게! 웃으면서 살아야 해.

너무 깊이 고뇌하지 마라!

사랑해요!

· 고비, 따뜻한 이별과 변화 ·

한 사람을 이해하는 일은 눈과 귀, 그리고 마음이 수도 없이 한 사람을 바라봐야 할 것이다.

남의 시선보다 나의 마음가짐으로….

이번 년도는 나에 삶에 큰 두가지 이별을 겪었다. 혼자 감당하기 힘들다.

하지만 누구나 겪는 일이기에 특별하다 생각을 하지 않으려 한다. 그래야 견딜 수 있다.

오십 년 동안 큰일 없이 살아온 편이다.

크게 보면 난 그저 평범하게 살아왔다.

다른 집들처럼 두 아이를 키우고, 아이 아빠와 성실히 살아왔다,

우리의 삶은 때론 전쟁 같았고, 때론 달콤한 솜사탕 같았다, 아이 아빠와 난 늦은 나이에 만나 일 년을 연애했다. 그리고 결혼을 했고, 20년 가까이 함께 했다.

큰아이가 대학생이 됐고, 둘째 아이가 고등학생이 됐다. 아이의

아직 배우는 중입니다

인생이 내 인생 이상으로 중요하다고 생각하며 살아왔기에, 우린
부모로서 성실하지 않을 수 없었다.

꽃을 보니 꽃이 이쁘다 당연하다.
부모로서 자식을 돌보는 일 또한 당연하다.
당연한 일을 했다.

새로운 삶이란….
어쩜 더 귀한 삶이 될 것이다.
생각이 깊어지고 멀리 볼 줄 알기에 덜 조급할 것이다.
아이를 낳아봤기에 희생을 알고 존재가 귀함을 안다.

결국은 남을 이해하는 마음에서다.

나는 외롭다.

이 외로움을 채운다면 난 웃을 수 있겠다.
늘 외로웠지만 나만 외로운 게 아니다.
우린 외로움과 함께하는 방랑자다.
나는 지금의 나도 사랑한다.
실수하고 어설퍼서 좀 바보 같은 나를 사랑하기로 했다.

사람일 뿐이다.

아직 배우는 중입니다

3

김정원의 부모님 이야기

· 아빠생각 ·

아빠는 내가 세상에서 가장 존경하고 사랑하는 분이다. 때론 엄마가 안계시냐는 질문을 들을 정도로 아빠이야기를 했었다.

아빠가 우리 딸들을 참으로 이뻐해 주셨던 기억이 난다. 어린 나에겐 "꽃보다 예쁜 내 딸." 하시며 불러주셨고, 마냥 이뻐라 하신 날이 많았다.

1997년 1층 집은 2층 주택으로 변신해 1층에는 방 6개를 대학생들에게 세를 내어 주었다. 감사하게도 아빠 집에 세 들어 오는 학생들은 잘 지냈고, 좋은 소식을 전해주고 나가곤 했다. 엄마와 아빠는 학생들 방학이면 대청소를 해주셨다. 물론 주말이나 학생들이 집에 간 날에도 청소나 정리를 하시곤 했고, 학생들도 그런 엄마 아빠께 감사해 했던 기억이 있다. 몇 호실이었는지 세 들어 살던 남녀 학생은 졸업하고 결혼한다며 청첩장을 들고 왔었고, 어떤 방인지 베트남 유학생은 방학 때 베트남 과자를 사 들고 올라와 부모님께 드리곤 했다. 인도 학생들은 자그마한 정원 한쪽에 만들어

아직 배우는 중입니다

놓은 오두막에 모여 앉아 인도 카레를 먹곤 했던 기억이 있다. 유학생들은 자기 나라 집 주소를 적어주며 부모님께 초대의사 표현을 하고 가곤 했다. 그 모든 학생들 계약서 작성은 내 몫이었다. 돌아보면 모든 일상이 평화로움이었다. 부모님의 노력과 함께….

　누군가에게 추억이란 그저 기억공간을 클릭하는데 그치는 것이 아니다. 기억에 색을 입혀 해석하며 행복이란 포장지를 덮어 펼쳐보면, 그것은 추억이라는 애틋함으로 다가와 뇌와 마음에 내려앉는다. 나이 들수록 추억을 먹고 산다는 것이 무엇인지 조금씩 자연스레 알게 된다.

• 어머니 사진을 보니 •

울 엄마 울 아빠 사랑합니다. 못난 저를 키우시느라 고생 많으셨습니다.

그 고우셨던 엄마 얼굴에 주름 가득하시니 자식들에게 바친 세월의 증거겠지요. 이쁘셨던 어머니 잘생기셨던 아버지 젊은 시절을 되돌려 편히 사실 수 있게 해 드리고 싶습니다만, 이젠 제가 잘 사는 것이 효도임을 압니다. 부모님 효도에 순서나 점수를 따져 누가 더 잘했다고 할 순 없겠지만 제가 가장 불효녀임을 압니다.

세월이 갈수록, 내 자식이 클수록 부모라는 두 글자에 담긴 숱한 책임감이 달라짐과 동시에 무거워지니 이후 나에게 부모로서 잘 살아왔다고 말할 수 있기를 바라는 마음 또한 크기 때문일 것입니다.

아직 배우는 중입니다

◦ 시골 어머니의 자식 사랑 ◦

생일이다!

어머니는 해마다 육 남매 생일 전날까지 형제들에게 생일인 자식을 알려 주신다.

올해도 누구누구 생일이라며 일일이 전화 주시며 알려주시는 어머니…. "언니 생일인데 알고 있니?" "동생 생일인데 전화 좀 넣어 봐라." 어제도 형제 단톡방에 내 생일이냐며 서로 이야기를 나눈 것을 보니 어머니의 전화기가 불이 났던 거다. 아침부터 언니들과 동생들의 축하를 받으며 하루를 시작했다. 고맙고 감사하다.

오늘은 집에서 이쁘게 단장하고 아이들과 내 편과 조촐하게 생일을 해야겠다.

· 사랑으로부터 ·

어머니가 다른 형제들 몰래 챙겨주신 마늘을 보면서 찡했다.

"너만 몰래 주는 거니까 차에 언능 실어놔라."

누가 볼까 재촉하신다.

내 나이 오십 직전에 부모님께 신세를 진다는 것이 너무 아프다….

다른 형제들보다 효도를 못하고 지내온 내 결혼생활 내내 못다 한 효도에 가슴이 무너진다.

어려서부터 이쁨받으려, 인정받으려 노력하던 나…. 어디서든 인정받던 내가 결혼 후 주눅이 많이 들었다. 내 주제와 분수에 맞게 해드린 건 매일매일 아버지께 안부 전화 드렸던 몇 년…. 그것도 어느 순간 마음 편치 않게 되자 끊어버리니 아버지 직접 전화를 하시고 물으신다.

"왜 전화가 없어…."

아버지는 분명히 내 마음을 눈치채신 거다.

아직 배우는 중입니다

내가 매일 전화하며 드린 말씀은

"이쁘게 낳아주셔서 감사합니다."

"사랑합니다."

"애들 키워보니 너무 힘들던데 잘 키워주셔서 감사합니다." 하는
말들이었다.

그러던 딸이 전화가 뚝 끊기니….

그렇게 세월이 가고 어느덧 서먹해지기까지, 해질 즈음까지….
이제 우리 부녀 사이가 예전 같지 않음에 가슴이 미어진다.

아버지는 가정적인 분이시다.

어려서 가정교육이란 것도 아버지 몫이셨다.

항상 본보기가 되셨다.

딸부잣집이다 보니 옷 입는 것부터 여러모로 신경쓰셨다.

그런 모든 것들에 감사드리며….

아버지 어머니 감사합니다.

아버지의 부재중 전화

아빠가 다치셨다는 소식에….

며칠 전 부재중 전화에 아빠가 찍혀 있었다….

탄탄한 근육으로 연세에 비해 젊은 몸과 마음을 유지하시는 아버지. 성격 또한 강직하신 아빠의 부재중 전화는 내게 그리 놀랄 일은 아니다. 허나 우리 부녀관계가 언제부턴가 서먹해진 후 아빠의 부재중 전화는 내게 궁금증을 남겼다 '잘못 누르신 건가?' 아빠께 전화를 드렸다.

"아빠 전화 잘못 거셨어요? 저예요." 아빠는 "아녀~"라며 나에게 전화를 하신 거란다. 아빠 목소리가 심상찮다.

"아빠 무슨 일 있으세요? 목소리가 왜 그러세요. 아프세요?"

아빠는 정원 있는 소나무를 가꾸시다 사다리서 떨어지셨단다. 84세로 다치신다는 건 위급할 수 있다는 생각이 들었다! 예전이면 한달음에 달려가던 나! 그런 나를 너무나 잘 아시는 아빠…. 근데 이번에는 내가 아파서 바로 못 달려가니 이틀 뒤 또 전화가 온다. 아빠다! 난 예감했다…. 아빠가 나에게 미안하시구나…. 나를 사랑

아직 배우는 중입니다

하시는구나…. 내게 준 상처를 치료해주고 싶으신거구나…. 아빠
는 참으로 엄한 분이셨다. 친구들에게도 아빠는 자상하시고 엄하
신 분으로 기억되는 분이시다….

어제 출근하고 바로 아빠께 달려갔다….

소파에 누워계시다 들어서는 나를 보시더니 놀라신다. "어떻게
왔어. 일해야지. 오면 어떡해." 내가 와서 좋으신 거다! 난 결혼 전
까지 아빠 댁에서 야무지게 집안 청소며 아빠 간식까지 이쁜 그릇
에 꺼내 차려드리던 딸이었다. 그런 똘망한 모습을 이뻐라 하셨던
것을 안다. 속도 썩였지만 아빠의 사랑 또한 많이 받고 자랐기에
아빠와 나의 부녀 관계는 여러 이해관계가 많이도 얽혀있는 특수
한 부녀관계이다.

엄마는 안 보인다.

시내로 치료를 받으러 나가셨단다. 오시는 길이 걱정되어 마중
을 나갔다.

거의 비슷한 차림에 어르신들이 버스 정거장에 쪼르륵 앉아 계
신다. 챙이 넓은 모자에 배낭을 매신 어르신 틈에 엄마가 안보인
다. 찾다 보니 정거장 옆 돌의자에 딸이 잘 보이도록 자리를 잡고
앉아 계신다. 차를 돌려 어머니를 모시고 가는 길에 엄마가 말씀하
신다.

"아버지한테 엄마가 뭐라 했다! 아버지가 전화했디? 아버지가 족발이 잡숫고 싶대서 족발 두 개를 샀더니 가방이 무겁네."

아빠와 엄마께 족발을 차려드리고 나도 두 개 먹고 일어섰다. 아버지가 편히 드시기를 바라는 마음에서다.

"저기요 저 가야 하니까 일어서지 마시고요. 맛있게 드세요!"

나오니 아쉽다…. 다른 때 같으면 두 분과 사진도 찍고 이야기 꽃도 피우고 왔을텐데…. 혼자 몇 장 사진을 남기고 올라왔다 아빠 댁에서 찍는 사진은 훗날 추억이 될테니까….

생각보다 견디실 만하신 모습을 뵈고 오니 마음이 좀 편하다….

아직 배우는 중입니다

• 병원에 계신 아버지가 믿어지지 않는 새벽에 •

새벽 눈이 떠진다….

눈물로 지낸 지난 5일간의 시간 사이 지난 세월의 숱한 일들이 주마등처럼 지나간다.

사랑한다는 마음 하나로 나를 바라보셨던 눈빛이 선명하니 그 눈빛 내 가슴에 자연스레 박힌다.

꿈자리마저 좋았으면 하는 마음으로 잠을 청했던 지난 5일.

인터넷으로 효를 검색하니 45가지 마땅히 해드려야 할 부모님 효도내용이 주욱 나열되어 있다. 그중 해드린 효가 몇 개 없으니 마땅히 불효자다.

'죽을 힘으로 효도하여야 한다' 이 말이 무엇을 말하는지 안다!

죽어라 일하며 하루도 안 거르고 드린 안부 전화마저 형편이 어려워지면서 혹여 내 목소리 기운이 전달될까봐 끊은지 오래 전….

사는 게 뭔가….

죄스럽고 원망스럽다.

마땅히 흘려라 눈물….

마땅히 내려쳐라 이 가슴….

마땅히 들어라 불효자….

허나 분명한 건 부모님을 향한 사랑 그친 적 없음을…. 내 가슴
이 알고 내 머리가 기억한다…. 이 또한 뭣이 중한가….

밝디 밝던 내가 오늘의 내가 되기까지 지난19년….

오롯이 기쁨은 자식부터임을 아는 내가 어찌 부모 마음을 읽지
못한 것인가….

내 부모 또한 자식으로 산 세월을 내 어찌 공감 못하랴….

감히 누가 효를 다했다 자부하는가….

부모님의 은혜 갚을 길 없음은 당연한 일이니 그 깊이를 헤아려
부모님께 더 드려라 효도!

죽을 힘을 다해 효도함이 무엇인지 이제야 조금 알 것 같구
나….

아직 배우는 중입니다

부모님 사랑, 갚을 길 없음을

　내가 존재하는 이유는 나를 낳아주시고 길러주신 부모님이 계시기 때문이다.

　두 분을 사랑하는 마음이 넘쳐남에 감사함을 느끼니, 부모님 은혜를 갚을 길 없는 자식의 운명이 원통하구나… 나는 부모님 은혜를 갚을 수 없음에 결국 내 자식에게 사랑을 내어주는 것인가… 부모자식 관계가 신비롭구나….

　6일간 어머니를 모셔 와 돌봐드린 시간은 하루 같구나….

　내 부모에게 드리는 사랑은 늘 부족하게만 느껴지니 눈물이 뜨겁다.

　어머니를 욕조에 앉혀 몸을 씻어드리는데 아기 같으시다.

　추우실까 걱정되어 씻으신 몸을 내 자식 아기 때처럼 욕실 안에서 마른 수건으로 닦아드리고 옷을 입혀드리고, 드라이기로 머리카락을 말려드린 후 욕실서 모시고 나오니 아기가 따로 없다 너무

나 사랑스러우니 지난 세월이 너무 송구하기 짝이 없다….

하루 세 번 식사를 드리며,
한 끼마다 지난 불효를 속죄하는 마음으로 밥을 지어 내어드렸
으나, 그 불효 씻을 길 없음에 아기같이 울부짖는다….

효란, 부모님께서 자식에게 느끼시는 마음이라 했다.
아버지!
어머니!
감사합니다!

아직 배우는 중입니다

아빠 나 이뻐요? 아버지를 보내 드리는 시간

하루를 보내고 밤이오면 아버지를 생각합니다.

선명한 모습에 감사하나 직접 뵐 수 없다는 사실을 받아들이기 힘든 시간입니다. 미친 사람처럼 울어도 그리움은 멈추질 않습니다.

살면서 처음 겪는 일입니다.

내 가족을 처음 떠나보내는 심정은 그 어떤 것으로 표현이 안 된다는 것, 또는 모든 것으로 표현이 가능하다는 것을 알게 됐습니다.

나는 아픕니다.

가슴 깊숙이 파고들어 두 눈으로 쏟아붓습니다.

그리움은 밀물과 썰물처럼 스스로를 조절하는 것을 힘들게 합니다. 긴 세월 받은 사랑과 감사함이 말할 수 없을 만큼 큽니다.

누구나 부모님으로부터 세상을 봅니다.

그 세상은 부모님의 눈과 마음으로부터 봐왔습니다.

태어나 직접 본 세상이 아름다운 이유이지 않을까 싶습니다.

우리는 단 한 번 세상을 구경하며 삶을 경함합니다.

누구의 자식으로,

어느 지역으로,

형제는 몇인지,

몇 년도 태어날지,

선택할 수 없지요.

그래서 그대로 받아들이고 삶을 개척하는 재미를 알게 되는 것이 아닐까 문득 생각듭니다.

산다는 것 죽는다는 것은 생명있는 모든 것에 해당되지요.

만난다는 것 보낸다는 것 또한 모두에게 해당됩니다.

마음에서 보내드리는 시간은 몹시도 힘이듭니다.

단 한 번도 보내본 적 없기에 어설플 겁니다.

자식을 향했던 아버지 사랑을 너무 잘 알기에 요즘 무너져 내리는 가슴을 내 자식보며 견딥니다.

모든 것은 시간이 해결해 주겠지요….

서서히 희미해지겠고…. 그렇게 세월과 함께 가슴 깊이 별이 하나 박혀 빛을 가득 채워 주겠지요….

한순간도 자식에게 멀어진 적 없으셨던 아버지를 잘 알기에 분명히 자식들 가슴에 별이 되어 끝없는 빛을 주실 아버지시지요….

아직 배우는 중입니다

아버지!

아빠!

아버지!

아빠!

내가 많이 사랑해!

그리고 아주아주 많이많이 감사해요!

아빠에게 약속 지키도록 나… 노력할 거야….

사랑해 아주 많이 우주만큼!

· 아버지에게서 비로소 이별을 배웁니다 ·

이별이 무엇보다 힘든 내가,

비로소 이별을 배웁니다.

아버지를 보내드리는 중에, 그러니까 지금에야 '이별이 이런 건

가 보다' 문득 느낍니다.

떠난다는 것이 가장 힘든 나에게 아버지께서 이별을 가르쳐주

고 가십니다….

태어나 처음 느끼는 감정입니다.

인생 반을 넘긴 제가 오늘에서야 따뜻한 이별을 배웁니다.

이별이 이토록 따뜻할 수 있다는 것에 눈물이 고입니다.

영원한 이별을…. 같은 세상에서 다시는 만날 수 없다는 이별에

대하여…. 오늘에야 깨닫습니다. 너무 늦은 깨달음이지요….

오늘…. 아버지의 유품 일부를 정리하며 아버지를 불렀습니다.

아버지 없는 세상에서 아버지를 부른다는 것에 아픕니다.

아직 배우는 중입니다

아버지 없는 세상은 빈 지구보다 더 큰 허망함입니다.

나의 사랑, 나의 우주, 나의 영웅, 나의 길을 가르쳐 주신 아버지….
사랑하고요…. 감사하고요…. 죄송했고요….

제가 아주 많이많이 존경합니다!

영원히 제 가슴속에 별이 되실 분, 아버지 사랑해요

아이들이 내 곁으로 온다.

슬퍼하는 어미의 마음을 위로해 준다.

외할아버지 보내드리며 자식들이 많은 것을 느낀 것 같다.

딸아이는 조심스레 그런 말을 꺼낸다.

"엄마… 나 결혼하고 자식도 낳을려고요…. 외할아버지 장례식 장서 자식들이 많아서 외롭지 않게 가셨잖아요…. 혼자 살다 고독하게 죽음을 맞이하는 것 보다 결혼해서 자식 낳을래요…."

예비 고딩다운 생각일 거다….

육 남매에 사위들과 외손자, 외손녀, 친손자까지 약 20여 명과 복도에 화환은 입구까지 줄을 섰다. 아버지를 위하는 마음들에 감사할 뿐이다. 아버지 가시는 길은 분명 꽃길이실 거다! 당연하다!

남동생은 아버지를 위해 한순간도 긴장을 늦추지 않았으며 엄숙했다. 당연한 자식의 도리지만, 그 도리를 하는 남동생이 무척이나 든든했다. 멀리서 바라보면서 생각했다! '우리 집안의 기둥이구나!' 아버지 사위들과 딸 손주의 각 회사서 보내준 장례용품들은

아직 배우는 중입니다

조문 오신분들을 위해 잘 사용됐고, 우리들은 장례식 중에야말로 아버지가 계시지 않다는 사실을 느끼지도 못한 듯했다.

집으로 돌아와서야 서서히 올라왔다.

그렇게 하루 이틀 시간은 갔고, 지금에야 진정으로 보내드리는 것이 무엇인지 조금 알 것 같다. 이제야 아버지를 놓아 드릴 준비가 된 것 같다…. 생각보다 오래 걸리지 않는다는 감정에 의아하고 이상하기까지 하다….

이별 앞에 가장 힘들어하던 나 김정원이가, 단 17일 만에 아버지와 이별을 받아들이다니…. 내 인생에 처음 느끼는 감정이다…. 어쩜 잘 못 느끼는 감정인걸까…. 너무 어설픈 감정인걸까…. 아니면…. 아님…. 아버지의 세월을 이해하는 걸까….

결혼하고 자식 기르던 세월이 아버지를 그리는 시간을 줄여준 이유 중 하나일까…. 아니면 짧은 시간 너무 깊이 슬펐기에 잠시 감정이 무뎌진 걸까…. 어찌됐든 계속 그리며 살고 싶다. 나의 마음이다….

아버지께서 살아오신 84년을 모두 헤아릴 수는 없지만…. 당신께서 너무도 정해진 삶을 잘 사셨기에 지식으로서 이제 편히 쉬시기를 바라는 마음이 든다.

아버지 생신 즈음 세상을 떠나시다.
1939년 1월 28일 생.

2023년 2월 2일 생을 마감.

아버지의 삶은 무척이나 간결했으며 명료하셨고, 가정이 최우선이셨다.

시골서 사시면서 1960년대부터 낳은 자식들에게 그렇게 이쁨을 주시기란, 그때 그 시대적으로 많이 힘들고 어설프시기도 하셨을 텐데도 앞선 생각을 가지셨다. 친구들은 그런 아빠를…. 그러니까 사랑 많으신 아빠를 부러워도 했다.

어느 친구는 그런 말도 한 적 있다. "너 같은 철부지 딸에게 저런 아버지가 계시다니 정말 부럽다." 맞다! 난 정말 철부지였다 맨날 웃고 아무 생각 없는 그냥 순수하던 나다. 아마도 그러하신 아버지의 사랑을 듬뿍 받아서 철이 늦게 든 것 같다.

사랑이란 감정이 인간에게 얼마나 소중한 감정인지 잘 안다. 사랑이란 감정으로부터 소중함도 신뢰도 아픔도 서운함도 미움도 고요함도 질투도 귀함도…. 그러니까 오감으로부터 느껴지는 모든 감정의 기본적인 감정은 사랑으로부터 시작된다고 생각하기 때문이다.

사랑하기에 보내드려야 한다. 그것이 아버지를 위함이다.

아직 배우는 중입니다

부모는 나의 인생

    살면서 내 인생에 영향을 준 사람과 물건 그리고 그로부터 온 감정들이 무수히 많아요.

    10대에 저는 세상 모르고 살았습니다.

    20대 저는 세상에 궁금함이 참 많았고 꿈도 많았습니다.

    30대 저는 결혼을 결심했습니다. 결심한 이유는 부모님 때문이었지요….

    두 분과 살던 저는 두 분이 세상을 떠난 후 감당 못 할 것이 분명한 저의 심정을 너무도 잘 알았고, 그 감당은 저의 가정을 꾸리는 것이라 생각했습니다. 저의 사랑이 다른 사람에게 나눠져야 한다고 강력하게 느꼈었습니다. 그렇게 결혼을 하게 되었고 아이도 낳았습니다. 첫째 아들과 둘째 딸을 출산했고, 제 사랑은 자연스럽게 제 목숨도 내어줄 수 있는 자식에게 온전히 내어 주었습니다. 그리고 일을 시작했습니다.

40대 저는 육아와 일을 병행했고, 배우의 길로 들어서게 됩니다. 아주 오래전부터 꿈꿔 온 일이었지요…. 아주 오래전 친구들이 제 사진을 연예계에 보내준다며 농담 반으로 던져줬던 이야기가 생각납니다. 어느 친구는 "혹시 마흔에 티비서 보는 거 아냐?"라고 할 만큼 저에게 흥미들이 있었지요…. 그때 또한 20대였습니다.

50대 저는 우선 아버지를 보내드리게 됩니다.

같은 하늘 아래 함께 산다는 것이 어떤 것인지 이미 오래전 깨달았던 제게, 단 한 분! 그것도 제가 사랑하는…. 저를 세상에 내놓으신 분이신 제 아버지가 떠나시던 날, 그날을 가슴 속 깊이 묻습니다. 살아와 보니 참 잘 키워주신 분 맞습니다. 어떻게 아냐고 누구라도 물으신다면 저는 대답합니다. '저와 함께한 주변 분들의 말씀이었습니다.' 아버지의 가르침을 기본으로 살아왔을 겁니다. 어머님의 몸짓으로 배워왔기 때문일 것입니다. 자식은 곧 부모님이고 부모님은 곧 자식이기 때문이지 아닐지요….

전혀 당당함에서가 아닙니다. 그저 부모님을 존경하기 때문일 것입니다.

60대 저는 아름다울 것입니다. 분명합니다.

꼭 그리해야 합니다.

부모님께 보답하는 길입니다.

아직 배우는 중입니다

자식들이 배울 것입니다.

아버지 당신을 존경합니다!
아버지 편안하소서!

• 가슴에 묻는다 •

영원히 보낸다는 것이 무엇인지 배우는 중입니다.

아버지가 떠나시던 날 그 새벽 제 인생에 가장 비현실적인 말을 들었습니다. "아버지가 돌아가셨다."는….

그 말도 안 되는 말을 듣는 심정과 비통함을…. 안고…. 아빠께 달려갔었습니다….

자식이면 누구나 어느 때고 부모님과 이별을 해야 하지요….

하루하루 지내면서 스스로에게 의아하고 놀라는 중입니다. 아버지께서 떠나신 지 24일밖에 지나지 않았는데…. 그리움이 희미해지고 있으니 말입니다. 저는 이런 저를 또 분석해 봅니다…. 어떤 연유로 그리움이 이리 쉽게 멀어지는 건지를요….

며칠 전에도 생각해 봤습니다.

도통 알 수 없습니다.

그저 자연스러운 현상이려니…. 하는 중입니다.

그런데 희한한 건 급작스럽게 터지는 눈물입니다. 것도 짧게짧게 깊숙이요….

아직 배우는 중입니다

아버지 사진을 보면서 이제 이생에서 못다한 말보다, 저생에서 들으셨으면 하는 말씀을 드립니다.

꿈이 참 많으셨던 분입니다.

적지 않은 연세에도 하고 싶은 것이 있다던 그날이 기억납니다. 부모님을 모시고 여행을 갔던 날, 아버지는 제게 말씀하셨습니다. 아직도 꿈이 있으시다고요. 그때 연세가 70이 넘으셨으니⋯. 그런 아버지께 느꼈었습니다! 아버지의 희생을요⋯. 부모님의 희생을 요⋯.

부모에게 자식이 모든 것이기에⋯. 부모는 자식 때문에 모든 것을 포기하기도 하지요⋯. 사랑에는 희생이 따릅니다. 적든 크든 싫든 좋든⋯. 말입니다⋯.

아버지께 말씀드립니다.

"사랑합니다. 감사합니다. 존경합니다. 사랑합니다. 감사합니다. 존경합니다. 사랑합니다. 감사합니다. 존경합니다. 아버지."

아버지를 뵙고 왔습니다

가장 위대한 사람인 아버지를 찾아갔습니다.

주차를 하고 꽃집을 향했습니다.

아빠가 가장 좋아하실만한 꽃을 고르는데 쉽지 않았습니다. 가장 이쁘고 아름답고 고귀한 꽃! 그러니까 우리 아빠가 보자마자 "아이고 이뻐라"하는 꽃을 고르는 일이 이상하게 긴장되고 쉽게 골라지질 않았습니다. 그렇게 작은꽃다발을 들고 아빠께 가는 길…. 아빠께 도착하자마자 인사를 드렸습니다. 손으로 쓰다듬고 사랑한다 전해드리는 일이, 제 가슴을 누르고 눈으로 터져 나옵니다. 너무 사랑하는 아버지십니다.

누구보다 제 편이실 아버지를 잘 압니다.

누구도 저를 믿지 않을 때도 단 한 분 아빠는 저를 믿고 응원해 주셨었습니다.

'할 수 있다'는 아버지 말씀! '우리 딸이 제일 이쁘다'는 아버지 말씀! 저를 보시며 방긋방긋 웃으시던 모습이 선명합니다. 아버지

아직 배우는 중입니다

를 보내는 일은 아버지를 가슴에 깊이 기억하는 일이란 것을 알았습니다. 기억을 끄집어내는 일! 평생 대화를 하면서 살아계실 때와 같이 친구처럼 지낼 것입니다!

아버지!
아빠!
내가 아주 많이 사랑해요!

영원히 보내드리는 시간, 아버지를 위함이다

내일이면 아버지 49재다.

생각하면 주르륵 예고 없이 흐르는 눈물.

가슴이 너무 저며온다.

아버지가 가시던 날 2월 2일은 날도 좋았다.

아버지 누워계신 얼굴은 마치 세상 시름 다 내려놓은 포근히도 주무시는 듯한…. 그러니까 내가 태어나 뵌 얼굴 중 가장 평온한 얼굴이셨다…. 그때 직감했다! 아니 당연히도 생각들었다! '천국이 있다면 분명 그리로 가시는구나…. 어쩜 이리 이쁘시고 평온한 얼굴로 누워계실까…" 아이들 아빠는 아빠 같은 얼굴로 가신 분을 뵌적이 없었단다. 꽤 놀라고 아버님께서 좋은 곳으로 편히 가신 것이 분명하다고 이야기를 한다.

아버지께 순서대로 인사를 올리는 시간이 왔다.

아빠가 들으셨을 때 가장 편히 이 세상을 떠나실 수 있는 말씀

아직 배우는 중입니다

이 무엇일까 잠시 고민했다. 가장 슬픈 고민이었고, 아팠다. 나에게 그 어떤 걱정 없으시길 바라는 마음이 간절했다.

"아빠 넷째 딸 정호입니다(아명). 낳아주시고…. 길러주셔서 감사합니다…. 사랑하고요…. 존경합니다…. 저희 가족 잘 살겠습니다…. 언니들과 동생들과 사이좋게 지내도록 하겠습니다…. 부디 편히 가십시오…. 아버지…."

당연한 눈물이 죄스럽다…. 공손히 고개 숙여 인사를 드렸다. 편히 가시기를 바라는 마음 하나로 발음 하나하나에 자식으로서 공경하는 마음을 가득 담아 인사를 올렸다.

길게 말을 할 수도 없었고, 눈물이 묻어도 안 된다는 당부의 말을 들은지라, 드리고 싶은 말씀은 집에 왔을 때 목놓아 드렸었다. 혹여나 내가 아버지께 하늘에서 돌봐달라는 부탁을 드린다면, 그곳에서 고생을 하셔야 할까봐 어떤 부탁도 안 드린다. 아버지만을 생각하시기를 바라는 마음에서다.

이런 글을 쓰다 지우다를 반복했다.

너무 버겁고 아파서 글을 써 내려 가는 일이 죄송했다. 내일 49재다 아버지가 세상에 머무르는 마지막 날이라는 49재가 있다. 아버지의 사랑이 너무 크다. 자식으로서 받은 사랑에 비해 못한 것이 너무 많아 송구스럽다.

내일 아버지를 완전히 보내드릴 준비를 하기 위해 자야겠다.

남동생이 사준 마트꽃 한 다발의 위로

아버지 49재를 지내고 돌아와 아빠 댁 근처서 어머니 드실 반찬 거리를 사야 한다며 마트를 들어가는 남동생을 따라갔다. 장을 보다가 꽃이 눈에 들어와 다가가 멈추어 물끄러미 바라보는데 셋째 언니도 온다…. 남동생이 말했다.

"꽃 사줄까?"

언니와 나는

"응! 좋아좋아."라고 답했다.

얼마 전까지 가슴을 누르던 무언가가 꽃을 보니 사라진다. 꽃 한다발…. 너는 나의 온몸을 송두리째 편안함이라는 향기를 내어 주는구나…

모든 일을 마치고 집으로 돌아오는 차 안에서 아이들 아빠는 말한다. "이제는 너무 슬퍼하지 말아. 그것이 아버님이 원하시는 일이야…. 당신 때문에 자식이 계속 슬픔에 잠겨있는 것은 아버님이 원치 않을 일이지 않겠나." 맞아! 그거다. 울 아빠는 절대로 내가 슬퍼하고 아파하는 것을 원치 않을 것이다. 나는 되묻는다. "그러시

아직 배우는 중입니다

겠지? 내가 슬퍼하는 걸 아빠는 원치 않으시겠지?" 두 손에 집어든
꽃 한 다발에 힘이 간다. 우연히…. 것도 아주 저렴하고 소소한 꽃
한 다발인데도…. 마음이 좋아…. 편안해 아마도 남동생이 사준 꽃
이기 때문일꺼다…

우린 살면서 소소한 것들에 만족할 때 그 것이 행복이란 것을
다시금 느낄 것이다. 소확행, 그것은 인간으로서 평범함 속 감사함
을 생각하게 한다. 살수록 느끼는 건 부자보다 귀함이다…. 가진
자보다 누리는 자이다.

아버지를 보내드린 49재 오늘은 역시나 이번 주 중 가장 따스했다.
아버지 가시는 날마다 따스했다. 하늘에 너무나 감사했다.
이제 아버지를 진정으로 보내드렸다.
그것이 아버지를 위함이다.

쉽진 않을 것이다. 세월이 가도 잊을 수 있는 분이 아니다.
간직하고, 기억하고…. 눈물나면 흘리고…. 그렇게 살다보면….
상상 못 할 어떤 감정을 알게 되지 않겠나….

아버지를 그리며

정처 없이 가다가 들른 곳은 호수공원.

차에서 내려 호수공원으로 내려갔다. 흐린 하늘에 편지를 쓰기 위해….

비가 내린다. 비쯤은 내 편지를 막을 수 없다.

마치 혼이 빠진 사람처럼…. 우산 없이 비를 맞으며 하늘에 편지를 썼다.

잠시 잊고 있던 아버지…. 그러니까 내 사랑… 아빠에게 말이다….

목 놓아 소리치니 눈물이 났다. 전혀 부끄럽지 않게 비가 내려준 거다.

사람들도 뜸하다. 간간이 운동하는 이들은 나를 넋 나간 사람쯤 볼 테니 것마저 다행 아닌가…. 그래, 맞아…. 난 그런 상태였으니…. 거짓 아니다….

하늘에 구름이 걷히니 해가 나온다. 순간 "아빠!" 하고 소리를 치니 전과 똑같은 말들이 나온다. 다시 비가 세차게 내린다. 난 목

아직 배우는 중입니다

놓아 소리쳐 아빠를 부르기 좋은 비에 감사했다. 좀 지나 화장실로 가야 했다. 맨발이었다. 슬리퍼가 비를 맞자 발바닥이 걸을 수 없이 미끄러워 화장지로 닦아내야 했다. 근데 화장실 처마 밑에 사람들이 우르르 비를 피해 서 있다. 모두 나를 향해 고개를 돌린다. 좀 미안했지만…. 신발과 발바닥을 닦고 집으로 향했다. 집에 주차하고 차 안에서 한참을 울다가 올라왔다. 둘째 아이가 집에 있는 시간이다. 아이들 아빠가 깜짝 놀란 눈치다. 나는 슬쩍 말한다.

"아빠 생각하다 온 거야…"

방으로 들어와 엄마께 전화드리고 저녁을 먹어야 했다 이미 감기약을 먹는 끝부분이기에…. 씻고 친구와 통화하며 함께 이야기를 잠시…. 이러지 말자 다짐한다. 아버지가 원치 않을 일을…. 당신 딸이 당신을 그리며 빗속에 우는 것을 원치 않으실 것을 너무 잘 알기에….

사랑하는 아버지….

• 에세이를 마치며 •

　나로 살아온 오십 년에 감사하며, 뒤로는 아쉬움과 현재로는 감사함에 앞으로의 기대감을 갖는다.
　글을 쓰기 시작한 때라면 언제였을까…. 흐릿한 기억뿐이다.
　고등학교 때 전날 쓴 글을 몇몇 친구에게 읽어주던 기억이 있고, 졸업하고 시간 날 때마다 썼던 기억이 있다.
　아니 아주 어릴 적에도 끄적였던 기억이 있다.

　나는 외로운 여자다.

　글들은 거의 다 쓰레기통으로 들어가곤 했다. 그때의 그 글들은 그때의 나를 정확히 반영했다 그것이 신물났다.

　　　　　　　아직 배우는 중입니다

작가가 되고 싶었다

그러려면 국문학을 전공해야만 된다고 알았고, 무지함으로 원하는 것을 이루지 못하며 살았다. 내가 어렸던 시절 80, 90년대는 아무나 글을 쓴다는 것은 어려운 일로 여겨지던 때다. 지금이야말로 글 쓰는 것을 좋아하고 출판할 능력만 있다면, 글을 써 세상에 내놓는 일은 누구나 가능해 진 세상이다.

아버지가 세상을 떠나시고 문득 생각했다. '어떤 것도 문제 될 것이 없다 나를 세상에 내놓으신 아버지가 가셨는데, 더 무엇을 미루는 것이 의미 있나? 지금의 아무것도 아닌, 보잘 것 없다 해도 나를 그대로 표현하자'

이런 나를 사랑해 줄 사람이 이미 정해져 있는데 무엇이 두려운가! 내가 세상에 내놓은 두 아이 또한 내부모와 같지 않은가!

모든 것을 되돌릴 수 없다면 모든 것을 사랑하자!

나는 내가 살아온 모든 삶을 인정하기로 했다. 온통 미성숙한 말과 행동들이 가득한 내 삶에 함께한 모든 이들에게 정성 담아 감사함을 표하고 싶다. 우리는 서로가 인정할 때 비로소 서로를 바라볼 수 있을 것이다.

우린 이미 서로 다른 사람이다. 단 한 사람도 나와 같은 이가 없음은 축복이다.

우린 그렇기에 늘 알아가는 것이다.

안개같지만 걷히면 인정하게 된다. 우린 다르다는 것을….

무지한 내가 연기를 시작할 때 어떠했는가!

무지한 내가 출판을 결정할 때 어떠했는가!

삶은 이렇게 용기를 준다.

가진 것이 없다고 슬퍼하지 마라.

이미 모든 것을 가졌다는 것을 깨닫는다면 당신은 이미 많은 것을 버린 사람일 것이다.

나 또한 '가진 것이 없다'고 원망하며 살아온 오십 년을 후회하고 있다. 가진 것이 많음에도….

내가 가진 것은 가족 그리고 나…. 충분하지 않은가…. 살아 갈 충분한 이유이다.

저 김정원의 이야기를 세상에 내놓으며 의외로 큰 고민을 하지 않았습니다.

독자 여러분의 삶에서도 분명 어느 구간에서든 용기를 얻을 것입니다. 그 순간을 꽉 잡고 일어서시기를 진심으로 바라고 응원합니다.

아직 배우는 중입니다

생에 첫 에세이를 나의 영웅, 나의 우주, 내 삶을 붙잡아주셨고,
이끌어 주셨던, 위대한 이름 故김춘기 아버지께 바칩니다.

감사합니다.